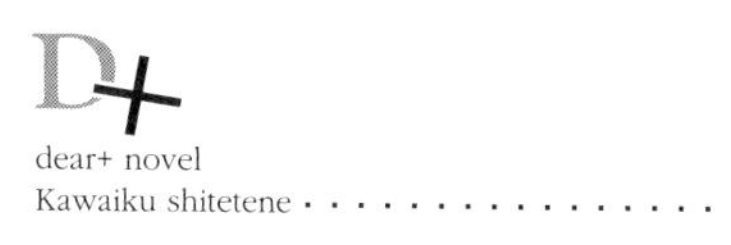

かわいくしててね

渡海奈穂

新書館ディアプラス文庫

かわいくしててね

contents

illustration : 三池ろむこ

かわいく
してててね
kawaiku
shitetene

1

「本当にもう帰っちゃうの？」

身をすり寄せてくる若い女の子は、赤いギンガムチェックにフリルのついた可愛い下着しか身にまとっていない。なぜならここはランジェリーパブだからだ。

「久しぶりだし、今日はアフター付き合ってもらえると思ったんだけどなあ。せっかく金曜なのに」

「また来るよ」

おさわり厳禁の店のはずだが、下着姿の女の子は、垣内(かきうち)の腕に胸を押しつけるようにしてくる。

（ああ、そんなにくっついてちゃ、下着が見えない）

と、がっかりする顔を見せないように、垣内は女の子に別れを告げて店を出た。

（あの店も、セクシー系ばっかりになってきたし、潮時(しおどき)かなあ）

駅に向けて歩きながら、垣内は溜息をつく。

転職して割とすぐに、上司に連れてきてもらったのがあの店だった。オーナーの趣味なのか、女の子の半分くらいが、可愛い柄の布地を使った下着を身につけていて、それを見るのがとても楽しくて、垣内はたまに一人でも店を訪れるようになった。上司や他の同僚たちは、「ランパブって何か中途半端だよな、触れるわけじゃないし、落ち着いて飲める感じでもないし」と反応はいまいちだったから、一人で来るしかなかったのだ。

垣内は、特別下着が好きというわけじゃない。下着の中身にもさして興味がない。興味があるのだったら、もっとそれ向きのサービスを求めて別の店に行った方がいい。

単に、可愛いものが好きなのだ。

（露出多い形とか、透け透けの総レースとか、ガーターベルトとか、全然可愛くないんだよなあ）

柔らかいパッドの入ったコットン地の下着は、ぬいぐるみみたいで可愛い。『垣内さんだったら触っていいよ』などと、馴染みの女の子はこっそり耳打ちしてくれるが、触りたいのはそのふかふかのパッドであって、中身ではない。

少し飲みたい気分だったからパブに寄ってしまったものの、まっすぐ帰ればよかったと、垣内は悔やむ。家路を急ぎ、一人暮らしをしているマンションへと帰った。

玄関に入った途端、あの可愛い声が聞こえて、会社からまっすぐ帰宅しなかったことをさらに後悔する。

「ただいま、ドナ」

にゃあ、とか細く甘えた声が足許から聞こえる。アメリカンショートヘア……の、血が混じっているような外見をした、二歳の猫。ドナは靴を脱いで家に上がる垣内のスーツの足許に顔を擦りつけている。垣内が帰ってきたことを喜んでいるような、一人にされたことに拗ねているような、そんな声を何度も上げていた。

垣内が短い廊下からリビングに向かう間も、ドナはひたすら足許にまとわりついてくる。そんな様子が可愛くて可愛くて、垣内は手にしていた通勤用の鞄を床に置くと、ドナを抱き上げ、ソファにどさりと身を投げ出した。

「やっぱりおまえが一番だなあ」

ドナは垣内の口許に鼻面を近づけてくる。通りすがりの動物病院で『かわいい猫をお譲りします』という張り紙を見てから、一年半、あの店にほとんど行かなくなったのはそのせいだ。

それでもたまには足を運ぶのは、『男が二十七歳にもなって、一人暮らしで猫とばかりいちゃいちゃしているのは、まずいんじゃないだろうか』という危機感があるからだった。

しかしやっぱり、甘えるドナを膝に載せている時が、一番安らぐ。顔を綻ばせつつドナの鼻面や耳の辺りを指で掻いてやっていたら、携帯電話がメッセージの着信を知らせる音を鳴らした。

片手でドナを撫でたまま確認すると、先刻の店の女の子だった。

『今日はありがとう、おうちに着いた頃かな？　もうちょっとゆっくりお話したかったなあ』

絵文字をふんだんに使った可愛らしいメッセージ。店はまだやっている時間のはずだが、どうやらお茶を挽いているらしい。客もキャストもセクキャバに流れてしまって大変なのだと聞いている。

無理矢理触ったり、下ネタを連発したりは決してしない垣内は、店の女の子たちに妙に好かれて、プライベート寄りの相談まで持ちかけられるようになった。同伴料は要らないから会ってほしいなどと言われると、垣内は無下に断ることもできず、メールや電話でも相談を受けてしまう。この子からも、店を移るべきだろうかと訊ねられたことがあった。

『垣内さんもっとぐちっていいんだからね？　会社にいるいやなヤツに、またいやなこと言われたんでしょ？　垣内さんがお店に来てくれる時ってだいたいそうだもんね』

——たしかに今日は、いや今日も、会社で嫌な奴に嫌なことを言われて、気晴らしをしたくはなった。

仕事の上の話だし、愚痴はあまり好きじゃないので具体的なことを言わなかったのに、何となく伝わっていたらしい。さすがプロだと、垣内は少し感心した。

「嫌な奴、かあ……」

ソファに凭れ、ぼんやりと天井を見上げる。

そう、垣内の勤める会社の、同じ部署には、嫌な奴がいる。

垣内にとってはどうしても相容れない、おそらく一生かかってもわかり合えない、天敵みたいな奴だ。今日も言い争いになった。

（思い出しちゃったじゃないか）

相手のことを考えるとむかむかするから、好きな可愛いものを眺めて癒やされたかったのだ。悪口を言ってすっきりするなら言いもするが、垣内はむしろダメージを受けるタイプなので、忘れたかったのだが。

「まあ、土日休みだし、忘れよう……」

女の子には適当に返信をして電話を投げ出した。甘えて首筋に顔を擦りつけてくるドナを抱き締める。ランパブなどより、結局これが一番だ。垣内は気が済むまで、最愛の飼い猫といちゃいちゃすることにした。

土曜日曜と、垣内はドナと遊び、平日はサボっていた掃除や洗濯や買い出しなどをして過ごした。
休日らしい休日を堪能（たんのう）したおかげで、週が明けて月曜に出勤した時、オフィスがどうもピリピリしている様子に気づくのが遅れた。
「おはようございます」
「――おう、おはよう」

隣の席の先輩社員に挨拶しても、帰ってくるのは憂鬱そうな、あまり元気のない返事だ。見回せば、垣内が所属する部署のオフィスにいるほぼ全員が、同じような顔をしている。

唯一の例外は、垣内のすぐあとにオフィスに姿を見せた同僚だった。

「おはようございまーす」

挨拶をしながらフロアに入ってきたが、他の社員たちはちらりと彼に目を遣るだけで、特に返事をしない。挨拶を無視されても、当人はまるで気にした様子がなかった。そのまま垣内の方にやってくる。彼、二本木の席は、垣内の隣だ。

「おはよ」

二本木は気軽な調子で垣内にも声をかけてきた。垣内は「おはよう」と挨拶を返しつつ、そうだ、こいつが元凶だったと思い出して苦い気分になった。

オフィスにいる十数人の男女が、先輩同僚後輩問わず、二本木の方を見ないようにしている。上司はまだ出勤していなかった。

「何平然と挨拶してんだよ……」

二本木とは反対側の隣の席から、忌々しそうな呟きが聞こえた。先輩社員のその呟きは、垣内に対するものではない。二本木への悪態だ。本人にも聞こえていただろうに、二本木は『平然と』した様子で席に着いている。

（……町田さんは、まだ来てないな）

垣内たちの部署で一番の古株になる女性。上司ですら頭が上がらないという四十路(よそじ)間際の社員で、いつもなら誰よりも早くオフィスに現れ、書類や備品や給湯室(きゅうとう)のチェックを完璧にこなすのに。

先週の金曜日のことを思い出し、垣内も他の社員たちと同じような顔になった。

(そうだ、二本木のバカが)

このピリピリしたムードの中、平然と書類に目を通している二本木を、垣内は横目でこっそり見遣った。

自分と同じ二十七歳。垣内は半年ほど前にこの会社に中途採用されたが、二本木の方は新卒で四年目、最初からこの部署にいる。

『町田さん化粧濃すぎ』

その二本木が、町田に向けてそう言い放ったのが、金曜の午後。

『客先に出るからってそんな張り切らないで。社内にいるならいいんすけど、俺の補佐についてそれだと笑いしか取れないっていうか』

町田は目を剝(む)いていた。彼女が二本木の補佐についたのは、前任者が体調を崩して長期休養に入った二週間前。垣内たちは技術営業をやっていて、客先に自分たちが提供するサービスについて説明しに回ることが多い。その時にサポートする社員がつくことがあり、二本木は何度か町田を連れて客先を回っていた。

『わ、笑いって、そういう言い方はないんじゃない？』

気弱とは縁遠い町田が気丈に言い返したが、声は震えていた。たしかに、それまで内勤だった彼女の化粧は、二本木の補佐を命じられてから、少し濃くはなった気が垣内にもする。

『商品より町田さんの厚化粧っぷりが客先で話題になっちゃうと困るんですよね。てか匂いすごいし。車の中で噎せそうだから、改善してください』

そして町田は、週明けの今日、未だにオフィスに姿を見せていない。

始業まではまだ少しあるが、いつもよりもずっと遅い時間に、周囲の社員たちが気を揉むのは当然だろう。町田はこの課の生き字引のようなもので、彼女がいなければ、全員の仕事が少しずつスムーズに回らなくなるのは目に見えていた。

（だから、二本木は苦手なんだよ）

垣内はこっそり溜息をついた。金曜日に癒やしを求めたくなった理由。店の女の子が言った『いやなヤツ』は、この二本木のことだ。

まともな神経を持つ人間なら言い淀むことを、平気で口にする。言っていることは正論だが、言葉の選び方に気遣いがない。

そのせいでたびたびトラブルが起こるのに、本人はやはり涼しい顔で、改めるつもりもないらしい。

垣内は、そんな二本木とは正反対のタイプだった。たとえ正論であろうと、相手の気持ちを考え注意して言葉を選ぶし、何なら言葉自体を呑み込む。自分が堪えて場がうまく回るのであれば、堪えることを選ぶ。

（何でもかんでも思ったまま言えばいいってこたないだろ、いい大人が）

だから二本木が町田に暴言を吐いたあと、陰で彼を諫めた。

『おまえさ、女性にあんな言い方したら、傷つくだろ』

そう言う垣内を、二本木は不思議そうな顔で見返した。

『陰で笑い者になってるって方が、本人よっぽどショックだと思うけど？』

――たしかに町田の変貌ぶりは、社内でも苦笑を呼んでいるし、二本木が彼女に面と向かって言ったようなことを、本人には聞こえない場所で囁き合う者もいるようだ。

『でも、言い方ってもんが』

『気になるのが言い方だけなら、おまえも町田さんは厚化粧だなーって思ってたんだろ。おまえ、あれが自分の補佐だったらどうするわけ？　客先の人が明らかに眉顰めたり、クスクス笑ってるの見て、放っておくのか？　こっちの仕事に支障が出るレベルだぞ？』

そう問われて、垣内は少し言葉に詰まった。

『で……でもやっぱり、言い方は考える。俺だったら。人前であんなふうに言われて、ショックで、結局いい仕事なんてできないだろうし』

『だからわざわざ週末選んでやったんだよ。土日時間あったら、怒ろうが泣こうが頭も冷えんだろ』

平然と言い放つ二本木に、結局垣内は絶句した。

そして呆れてしまったせいで言い返せなかったことに鬱屈を溜めたまま終業を迎え、飲みに行ったのだ。店ではさほど癒やされなかったが、ドナとのんびり土日を過ごしたおかげで、二本木の町田に対する仕打ちだの、自分も相手と言い争いになった――思い返せば、口論にもなっていなかった気がするが――ことも、すっかり忘れてしまっていた。

土日時間があったら頭も冷えるだろう、という二本木の雑な言葉を、図らずも垣内自身が証明してしまったようなものだった。

（まあ俺は、当事者ではないし……）

たとえ丸二日あったとしても、彼女は二本木に言われたことを忘れるどころか、都度反芻して、悔しかったり腹立たしかったり悲しかったりしたことだろう。

責任感の強い女性だから休むことはないはずだ。町田が出勤して二本木と顔を合わせた時にどんなやり取りがなされるのか、垣内は想像するだけで胃が痛んできた。二本木が平然としていられるのが信じられない。勝手に落ち着かないので、お茶でも飲むかと一旦オフィスを出て、隣接している給湯室に向かった。

と、先客がいる。女子社員が三人ほど、何か揉めている様子が伝わってきた。

「え、二本木さんミルクだけ入れるんですよ？」

「この間はブラックで飲んでたけど?」

「緑茶の方が好きだったと思うけどなあ、おせんべいと一緒に出したら喜んでくれたもん」

女性三人が揉めている空気も恐ろしかったが、聞こえてきた名前に、垣内は給湯室に入る足を止めた。

「っていうか鈴木さん、垣内さんの補佐じゃないですか。どうして二本木さんにお茶出ししようとかするんです?」

「垣内さんは補佐はお茶出しなんてしなくていいって言ってくれてるの!」

しかも自分の名前まで聞こえてきて、中にいるうちの一人が、自分の補佐を担当している女子社員だということに気づいてしまう。

「鈴木さんお茶淹れるの下手なんじゃない? だから垣内さんが遠回しに断ってるんだとしたら、二本木さんだってそんなお茶渡されたら迷惑かも」

心底恐ろしくなってきて、垣内は足音と気配を必死に殺して、給湯室の前から退散した。

どうやら彼女たちは、町田が欠勤か遅刻と見なし、自分こそが二本木のためにお茶を淹れると、争っているらしい。

何なら、町田に代わって二本木の補佐になろうとも目論んでいるかもしれない。

(こ、怖い、本当に、怖い)

垣内の補佐をしてくれている社員は、温和で笑顔の可愛い女性だった。仕事もできるし、女性だというだけでお茶汲みをさせるのが申し訳なくて、そのくらいは自分でやりますからと告げてあったのだが。

しかし、オフィスがピリピリしていたのは、どうやら二本木と町田のことを懸念しているだけではなく、万が一町田が補佐を外れた場合に自分が後釜に座ろうという女子社員たちの鍔迫り合いが、密かに始まっていたせいもあったらしい。

(町田さんの言われようを見てるのに、すごいなあ)

何と勇気がある人たちだろうかと、垣内は呆れたし感心した。

二本木という男は、言いたいことをずけずけ言うが、仕事はできる上に、とにかく見た目がいい。背が高いしスタイルもいいし、何よりすっきりと整った目鼻立ちの、男らしい相貌を持っている。

垣内にしてみれば、仕事はできるし見た目はいいが、言いたいことを言うから『いやな奴』という認識なのだが、一部の女子社員にしてみれば、逆の評価になるようだ。

逃げ出しては来たものの、自分の席に戻り怖いもの見たさで気にしていたら、結局三人がそれぞれ思い思いのコーヒーやお茶を淹れて、次々二本木のデスクに置いていった。

「いや、こんなにいらねえよ……」

お茶を置いて素早く去っていく女子社員たちに言った二本木の言葉には、垣内ですら「そりゃそうだよな」と納得だった。

漫画みたいな有様だなと思って感心していたら、二本木と目が合って、「いらないからやるよ」とコーヒーフレッシュのついたコーヒーカップを渡された。多分、垣内の補佐の鈴木が淹れたものだ。結局自力でお茶を淹れられなかった垣内にはありがたいが、鈴木に知られたら恨まれる気がして、手を付けるのが恐ろしい。

それで躊躇（ちゅうちょ）していると、オフィスの空気が変わった。何だ、と思って顔を上げると、町田がやってくるのが見えた。オフィスの中は少しざわついている。みんなそんなに露骨（ろこつ）に騒ぎ立てなくても……と思ったが、町田の姿を見て垣内はその理由を察した。

町田は最近の厚化粧を脱ぎ捨て、それ以前の化粧法とも違う、ナチュラルメイクになっている。

（あれ、可愛い）

気の強い印象のある女性社員最高齢の町田だったが、控え目の化粧法だと年齢よりも若く見えて、可愛らしさすら感じる。

が、町田はツカツカと二本木の方へ真っ直（まっす）ぐ歩いてきて、「どうよ」とばかりに、いつものような気の強さと職場を取り仕切っているというプライドを感じさせる顔で見下ろしてきた。

垣内がつい固唾（かたず）を呑んで見守っていると、隣の席で、二本木も顔を上げてまじまじと遠慮のない視線で町田を見上げた。

そして二本木は、にこりと、その男らしく整った顔をどこか無邪気な笑顔に変えた。

普段は愛想笑いなどすることもなく、上司のつまらない冗談にも『無駄に笑う意味がわからない』というようにしらっとした表情でいるのに、二本木はたまにこうしてやたら無防備に笑うことがある。

男の垣内ですら見とれてしまうくらいなのだから、遠巻きに見守っていた女性社員たちの目が釘付けになるのも当然だろう。

「町田さん、全然その方が可愛くていいっすよ」

「……ッ」

文句あるか、という表情で挑戦的に二本木を睨みつけていたはずの町田の顔が、見る見る赤くなった。

「厚化粧で隠してたら勿体ないって」

最後が余計な気がするのに、町田は「へ、変なこと言わないで、人前で！」と怒った顔で言いつつ、声音には険がない。

「——あーあ、町田さんも陥落かあ」

隣席の先輩がつまらなさそうに呟くのが、垣内の耳にも届いた。

垣内にとっては暴言にしか聞こえないようなことを口にしても、二本木を受け入れる人がいるのは、こういうところがあるからだろう。暴言の方だけ取れば、いくら見た目がいいとか仕事ができるとかアドバンテージがあったとしたって蛇蝎の如く嫌われても不思議はないのに、嫌だと思った時にもそうするように、いいと思えば裏も表もなく褒める。二本木は思ったことしか言わない。だから彼に褒められれば、皆——上司ですらも、まるで自分が特別扱いされたかのような気分を味わうのだ。

「町田さん、本当雰囲気変わって、すごいいい感じですよ」

「お肌ぷるぷるじゃないですか、どうしたんですか？」

気づけば、自席に戻ろうとする町田を、他の女子社員たちが取り囲んでいる。つい先刻給湯室で誰が二本木にお茶を運ぶかで丁々発止を繰り広げていた三人までもだ。二本木が町田を褒めれば、周りもそれに倣う。男性社員の中にも、二本木に妙に心酔して、やたら相手を持ち上げる者もいる。

勿論、さらに二本木を嫌う者もその倍はいるのだが。垣内の隣の先輩など最たるものだ。ひたすら面白くなさそうな顔をしている。二本木が口にするのは「みんなが思っていたが黙っていたこと」が多い。普通なら、言えば気まずくなるから言わない。相手によっては自分の立場が悪くなるから言わない。正しいことと保身を秤にかけて口を噤むのに、二本木は平然と言う。しかもそれで許される。「よくぞ言ってくれた」と喜ぶ者がいる。和を保つために我慢していた者はたまったものじゃない。その上、女子社員からは「はっきり物が言える二本木さんは男らしい」などと評価が上がるのだ。

（同じことを俺が言ったとして、たとえあとでさっきの二本木みたいに取り繕ったところで、

女子社員全員が敵に回るだけだろうなあ）
まったく不公平だ。垣内にとっては、やはりどうしても二本木という同僚は『いやな奴』だった。

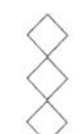

二本木と町田が和解したというか、二本木の方は始めから何も気にしていなかったが町田の方はそれを許したため、オフィスの険悪な空気は薄れた。
それでも垣内は何となくくさくさした気分だ。二本木は先週オフィスの空気を悪くしておきながら、誰もそれを咎められないままに事態が収束してしまった。どうも腑に落ちない。すっきりしない。
こんな日に外回りの用事もなく、机でＰＣを相手に作業しなければならず、隣には二本木がいるし、反対隣には二本木の涼しい顔をチラ見しては舌打ちする先輩がいるしで落ち着かず、垣内は午後になってからそっとオフィスを抜け出した。会社は自社ビルで、垣内たちの部署は六階にあり、その片隅に資料室がある。探し物をするふりで資料室に入り、人目がないのをいいことに息抜きしようと必要もない書類を眺めているうち、どこからか啜り泣く声が聞こえて、眉を顰める。

そっと辺りを見回せば、資料棚の陰に、女子社員の制服が覗いている。

少し迷ってから、垣内は声のする方に向かった。

「——島中(しまなか)さん？」

俯(うつむ)いて顔を覆(おお)い、小さく体を震わせているのは、同じ課の女子社員だ。

「どうしたの、具合悪い？」

泣いている女性など迂闊(うかつ)に触れるものではないと思ったのだが、彼女の泣いている理由に少し思い当たることがあったので、放っておけなかった。

「か、垣内さん……」

島中という入社三ヵ月の後輩は、垣内の顔を見るなり盛大にしゃくり上げた。

「私、どうしたらいいかわからなくて……っ、二本木さんが……」

ほらな、と垣内は溜息をついた。島中はしょっちゅう二本木に厳しい言葉を向けられている、気の弱そうな社員だ。エンジニアでも誰かの補佐を担当しているわけでもなく、事務作業全般を請け負(うお)っている。少し前までは町田が取り仕切っていたことを、今は彼女が二本木の補佐に回っているので、島中が中心になってやらなければならないのだが。

しかし島中は、町田に比べて飲み込みも手際も悪い。経験豊富な町田と比べるのも酷(こく)な話で、本人はいつも先輩に追いつこうと頑張っているのだが、やる気が空回りするタイプだ。自ら進んで仕事を探し、手を付けるのだが、たとえばコピー十枚でいいところを百枚セットしてしまったり、逆に必要な報告書をよかれと思って処分してしまったりと、ときおり信じられないようなミスをする。

まだ慣れないのだろうし長い目で見よう、という周囲の社員たちの心遣いをぶち壊すのは、勿論あの二本木だ。

今日も何か余計なことをしでかしたか、やるべきことをやらずにおいて、二本木に叱責されたのだろう。しかも相当きつい言い方で。

「何かやることありませんか、って聞いたら、そこに座って息だけしてろ、って……ひどいです、二本木さんいつもいつも、どうして私にそんなことばっかり言うのか……」

泣きじゃくりながら言う島中に、垣内は天井を仰ぎたくなった。島中の仕事ぶりには垣内もたまに少し苛ついて、だが本人は頑張っているのだからと堪えている。他の社員たちも同様だろう。何かお手伝いしましょうか、と声をかけられれば、失敗の少なそうなささやかな用事を頼み、それすらみつからない時や邪魔されたくない時は「ありがとう、大丈夫だよ」とやんわり断る。それですむ話なのに、なぜそういちいちひどい言い回しを選ぶのか。

「島中さんが頑張ってるのは、みんなわかってるから」

島中はひとしきり二本木に言われた言葉を並べ立てながら泣きじゃくり、垣内はそれを宥めるのに一苦労だった。

「でも、でも、二本木さんが……」

二本木はああいう奴だから言葉はきついけど、悪気があって言ってるわけじゃないからさ——などと、慰めつつ、なぜ俺があいつをフォローするようなことを言わなけりゃならないんだとやはり腑に落ちない。

だが島中はとにかく悲しそうで、見ていれば垣内の胸が痛む。小柄で、少しふっくらした、可愛らしい女子社員だった。目立った美人というわけでもないが、愛嬌があるというか、可愛らしい。

（この会社の面白味のない制服じゃなくて、ひらひらのスカートとかブラウスなんかが似合いそうな……）

私服ではそういう系統を好んでいるのを、垣内も知っている。可愛い子は可愛い服を着ているなとしみじみ思った。島中は、何というか垣内の理想の女の子に近い。小さくて柔らかそうで愛らしいもの。恋愛感情ではない。たとえばドナに対する愛情に近いかもしれない。イメージとしてはマシュマロだ。マスコット化して鞄にでも括りつけたらさぞ可愛らしかろうと思う。

「私本当に、辛くて……どうしてあんなふうに言われなきゃいけないのかって」

そういう島中が泣いているのは本当に可哀想だったから、垣内は根気よくそれを慰めた。

ずいぶん時間をかけたおかげかどうにか島中が泣き止んで、化粧直しに手洗いに行く気になったあと、垣内はようやくオフィスの方に戻った。ちょっとした気分転換のつもりだったのに、余計に疲れてしまった気がする。

そしてタイミングがいいのか悪いのか、途中の廊下で二本木と行き合った。二本木はフロアの片隅にある休憩スペースに行くつもりらしい。

「何サボってんだよ、席空けすぎ」

二本木は垣内の顔を見るなりそう言った。

「さっきのシステムチェック終わってないだろ。こっちと被ってる案件なんだからサボんな」

誰のせいだと思っているんだ……と言いたいのを、垣内はどうにか堪えた。言ってやってもよかったのだが、今はそれより言いたいことがある。

「いや、何でついてくるの」

休憩スペースまで二本木を追い掛けると、怪訝そうな顔をされた。サボるな、と言ったのに垣内が自席に戻らないので、眉を顰めている。

「おまえ、島中さんにあんまりきつく当たるなって、前も言っただろ」

島中が泣いている姿を垣内が見るのは、今日が初めてのことではない。島中はたびたびあして資料室だの階段の陰だので泣いている。言うまでもなく原因は常に二本木だ。

「別にきつくは当たってないけど?」

二本木は自覚がないらしい。自販機で買った水を飲みながら、首を傾げている。

「いや、かなりきついっての。島中さん、また泣いてたぞ」

以前にも、垣内はこうして彼女への態度について、二本木に注意したことがある。これで三度目だ。

垣内は責める口調で言うが、二本木はてんで反省した様子もない。

「泣いてる暇があるなら、もう少し仕事覚えりゃいいのにな。時間と熱量の無駄」

これだよ、と垣内は項垂(うなだ)れた。

「島中さんだって頑張ってるんだ。町田さん並の仕事を今のあの子に求めるなよ？　キャリアってもんが違うんだから」

「つっても、もう入社三ヵ月目だろ。三ヵ月まるまる町田さんに扱(しご)かれてあのレベルって、逆に奇蹟だぞ？　まだ中身のあるトナーを空(から)になったたって勘違いして、俺の作った書類の上にぶちまけて、トナー払うより先におろおろ泣き出すんだぞ？」

「ま、まあ島中さん、ちょっとドジっ子属性あるから……」

「こっちが頼んだわけじゃないこと無理に請け負(うお)って、失敗されちゃ、邪魔にしかならない。何かすることありますかって聞かれて、何もしないでくれって答えるの、変か？」

「いや変っていうか、もうちょっと言葉選べって言ってるんだよ、俺は、もう何度も何度も」

やはり二本木が口にするのは、「みんなが思っているが黙っていること」なのだ。垣内だって二本木と同じような目に遭って、ちょっとげんなりしたこともある。

それでもやっぱり思うのは、『言い方ってもんがあるだろう』ということだ。

「町田さんに対してもそうだけど。二本木は思ったまま言っただけだとしても、それが伝わら

なければ無意味だろ。叱られた方は、言われた内容より叱られたって事実そのものに萎縮するんだ、特におまえみたいな物の言い方されちゃ。こういうのも何だけど、そのあたりはおまえの伝達能力が不足してるって、俺は思うぞ。少しは譲歩して、きついこと言ったのは謝れよ」

日頃から言ってやろう、言ってやろうと思っていたことを、垣内はとうとう口にしてしまった。そろそろ限界だ。たびたび二本木の態度について、同僚として注意はしているが、一向に伝わったためしがない。

どうせ今日も二本木の方法論で却下されるのだろうと思っていたのに、相手が少し考えるように黙り込むから、垣内はなぜか戸惑った。

「伝達能力が、不足ねえ……」

何か二本木のプライドに引っかかったのだろうか。珍しく言われたことを気にしている。二本木は誰に何を注意されても、いつも「俺は間違ったことを言っていない」と、堂々と口にして憚らない男なのに。

「――ま、相手の理解力が欠けてるってところが大きい気もするけど。そういう奴にもわかるように言えないこっちの能力が足りないって言うなら、伝わってない時点で、そうなのかも」

「え」

予想外に二本木がそんなことを言うので、垣内はますます面喰らう。

そこにちょうど、化粧直しを終えて手洗いから出てきた島中が現れるのは、またタイミングがいいのか悪いのか。

「島中さん」

島中は二本木に気づいて小さくなっていたが、名前を呼ばれて、さらに萎縮してびくりと体を震わせていた。

「ごめん、さっき息だけしててって言ったの、取り消す。余計なことして俺の邪魔しなければ、それでいいよ」

何だそりゃ、と声を張り上げたくなるのを、垣内はどうにか堪えた。結局二本木が言っていることは謝って訂正した後も同じことだ。

また島中が泣き出すんじゃないかと警戒しながら彼女の方を見遣ったが、垣内の予想外に、島中はなぜか真っ赤になって、両手を胸の前で組んでいる。喰い入るように二本木を見ていた。

「いえ……いえ、すみません、私が失敗ばかりなのが悪いので、二本木さんは謝らないでください」

「そりゃそうだ」

だからおまえもそこで頷くなよ、と垣内はまた二本木に言ってやりたかったが、島中は納得しているらしいので、留まった。

「まあもうちょっと、俺の足引っ張らないように、頑張って」

「はい……！　私、頑張ります！」

島中はこくこくと大きく頷くと、顔を真っ赤にしたまま、休憩スペースのそばから走り去っていく。

「茹でたタコだな、ありゃ」

島本の背中を見遣りながら、二本木は変な感想を漏らしている。

「で、これでいいか？」

二本木にそう問われても、垣内には何と答えたものか、思いつかなかった。

「島中さんとおまえがいいんだったら、それでいいんじゃないかな……」

「何だよそりゃ。おまえから謝れって言っておいて」

責められるような言い方をされるのが、垣内には心外だ。

「今までいくら俺が謝れって言ったって、その必要はないって突っぱねてきたのは二本木だろ。おまえがおまえの判断でやったことを責められても、俺は知らないって」

「……」

いつも相手が言っていることを言い返すと、二本木はじっと垣内を見下ろしてくる。垣内も割合長身の方だが、二本木には少し敵わない。

強い語調になってしまったから、その百倍を返されるだろうと垣内は身構えたが、二本木はひとつ頷いただけだった。

「そりゃそうだ」

納得したように言っている。垣内は肩透かしを喰った気分になった。

「珍しいな……二本木が言い返さないなんて」

そのせいで、つい余計な本音を漏らしてしまう。二本木は特に気を悪くした様子もなかった。

「もっともだって思えば、言い返す必要はないだろ」

「納得してくれたんなら、よかったけど……」

「おまえもご苦労様だよな、しょっちゅう俺に文句ばっか言って」

「いや言いたくて言ってるわけじゃないのはわかれよ⁉」

やっぱりこいつの物の言い方はムカつく。そう思って垣内は二本木を睨んだ。

二本木の方は、どういうわけか、楽しげに笑っている。

「わかんねえよ」

笑ったままそんなことを言うので、垣内は今度は項垂れた。

「おまえと話すと、疲れるわ……」

「お疲れ」

ぽん、と垣内の肩を労うように叩いて、二本木が休憩スペースを出ていく。

垣内は本当にどっと疲れたような気分だった。

2

『陥落』したのは町田だけではなかった。二本木に謝られた直後から、島中がやたら元気になり、町田を差し置いて「何かお手伝いすることはありませんか」と二本木に声をかけるようになってしまった。

（あの言い種の何をどう解釈したら、こんな有様になるんだ）

何かいやに親しげというか、気安すぎる調子で、仕事以外でも二本木をランチに誘ったり、終業後の飲みに誘ったりする。二本木はにべもなく断っていたが、へこたれる気配がない。その上、町田や他の女子社員が同じことをすれば、「二本木さん迷惑そうだから、誘わない方がいいですよ」とか、「二本木さんがオッケーするわけないじゃないですか」とか、妙な優越感を滲ませながら言うようになった。まるで自分が二本木の恋人にでもなったかのような態度で、そういう島中の言動が、垣内には理解できなかったし、それに冷や冷やした。島中が二本木に声をかけるたびに町田をはじめとする女子社員たちから冷ややかな空気が湧き出すのはともかく、二本木の苛立ちが増していくのが肌でわかるので、落ち着かない。

二本木は月曜から水曜日までは適当な相槌で島中をほぼ無視していたが、木曜日に島中からランチに誘われた時、とうとう、心から不思議そうな顔で口を開いた。

「島中さん、こないだっからすっげぇウザいんですけど、どうかしました？」

「え……っ」

昼休憩前で、オフィスにはほとんどの社員たちが残っている。その中で、二本木は声を潜めもせず、島中は周りの女性社員に対してかどこか聞こえよがしな声音だったから、垣内を含め周囲の社員たちに、そのやり取りは嫌でも耳に入ってしまう。

「やる必要もない作業探して仕事やってる感出さなくていいし、仕事以外で声かけられても迷惑ですから。用がない時は話しかけないでもらえますか、要するに、全体的に関わらないでください」

これで二本木の方に悪意がないのがいっそすごいと、垣内は島中の方を見ないように、机の上の書類を整理するふりなどをして取り繕いながら思った。

二本木はただ思ったことを言っているだけだ。いつもどおり。島中がなぜ馴れ馴れしい態度になったかにも頓着していない。

（島中さんは二本木が苦手だったわけじゃなくて逆に好きだったから泣いていたわけで、謝られたことで受け入れられた気分になってしまったと……）

そのことに、垣内もようやく気づいた。島中も、町田の後釜を狙っていた女子社員の一人だったのだ。二本木をひどいと言って泣いたのは、『自分は二本木のことが好きなのに、冷たくするなんてひどい』という意味だ。

「ひどい……ひどい！」

そして今も、島中はそう泣き声で叫んでから、オフィスを駆け出していった。

それをちらちらと見送る社員たちのほとんどは、島中に対して気の毒そうな顔をしていたが、中には妙にすっきりした表情の者もいて、垣内は微妙な気分になった。

ちょうど昼休憩の時刻になったので、垣内はそっとオフィスを抜け出し、資料室に向かった。思ったとおり島中がいて、派手に泣きじゃくっている。

島中は言ってみればその仕事のできなさに持て余されている社員ではあったし、正直なところ垣内も彼女が自分の補佐じゃなくてよかったと思ってはいるが、こうまで泣いている姿を見て溜飲を下げることなんてとてもできない。

垣内が近づく気配に気づいたようで、島中は、パッと笑顔になって振り返った。が、垣内を見ると何か当てが外れたような表情になって、また背を向けてしまった。

「島中さん、大丈夫？」

宥めるつもりで肩に手を置いたら、力の限り振り払われたので、垣内はぎょっとした。

「何なの、触んないでよ、気持ち悪い！」

小柄な小動物という印象だった島中は、その可愛らしい雰囲気を払拭して、不快なものを見る目で垣内を睨みつけていた。

「この間っから馴れ馴れしいんですけど、何か勘違いしてません？　私別に垣内さんのこと何とも思ってませんから。いやらしいお店に通ったり、猫のマスコット携帯につけてたり、気持ち悪いし、仕事以外で声をかけられるの、迷惑です！」

感情的な声で言われて、垣内は鼻白んだ。たまにランパブに行っていることも、ドナに似た可愛らしい猫のストラップを携帯電話につけていることも、特に隠しているわけではないが吹聴したり見せびらかしたりもしていない。なのに島中がそれを知っていることに驚いたし、それ以上に、何か汚いものでも見るような目を向けられることに、愕然とした。

（すげぇ、この子、自分が二本木に言われたことそのまま俺に言ってるんだけど、気づいてるのか？）

多分、気づいていないだろうなと思う。

「私、二本木さんみたいに男らしい人が好きなんです。垣内さんみたいにへらへら、なよなよした人、嫌ですから。気安く声かけないでください。人が傷ついてるところに付け入ろうだなんて、最低」

――いやいや、俺は別に、あんたのこと好きなわけではまったくないんだけど。

そう言い返すこともできただろうが、また泣きじゃくり出してしまった島中をこれ以上刺激するのも気の毒というか、面倒で、垣内はそれ以上何も言わずに、資料室を後にした。

島中を可愛いと思ってはいたが、恋愛感情など欠片もない。付け入る気もない。なのに一方的に気があると誤解されたことは、少し苛立つとはいえ大して気にはならないのだが、

（やっぱりみんな、二本木みたいなのが好きなんだよなあ）

そのことに、妙にしみじみした気分になってしまう。

男らしい、というのは、見た目もそうだろうし、性格もそうなのだろう。あれだけのことを言われても、島中はなお二本木に未練を残している。何なら、自分に対してはっきりとひどいことを言ったのも、男らしいと評価しているのかもしれない。

（そりゃ、あんだけ好き放題言えて、その性格の悪さを見た目と仕事の出来で認めさせるっていうか諦めさせるんだから、羨ましいわ）

本当に正直なところを言えば、垣内だって、二本木に反感を持つのと同じくらい、憧れる。どちらかといえば周りの空気を気にして、言いたいことを呑み込んでしまったり、言ってから「相手を傷つけたかも」だの「悪く思われたかも」だのとぐずぐず考え込んでしまう垣内にしてみれば、相手の反応や評価に頓着せず自分を貫く二本木が、たしかに格好よく思えることすらあった。

だがやはり、どうしても、二本木の言動を許容することはできない。

垣内はオフィスに戻り、ランチを取りに行くのか自席から立ち上がろうとしている二本木のところへと、向かった。

「ちょっと、いいか？」

「何？」

少し声を潜めて呼びかけると、二本木はその場で話を聞こうという体勢になる。垣内は出入口の方をさした。

「外行こう」

「用があるならここで言えばいいだろ」

「いいから」

周囲の社員たちは、どこか様子を窺うような、好奇心に満ちた目で垣内と二本木を見ている。垣内が二本木の態度に苦言を呈することは今まで何度もあったので、今回もそうだろうと、成り行きを見守ろうとしているのだ。

周りの好奇心を満たしてやるつもりも、また空気が悪くなったとうんざりさせる気もない。垣内は無理に二本木の腕を引いて、人目につきづらい廊下の片隅に連れて行った。

「おまえ、だから、少し体裁ってもんを考えろよ」

それから前置きなく言った垣内に、二本木が怪訝そうな表情になる。

「何が？」

「島中さんに言いたいことがあるにしろ、わざわざ人前で言うことないだろって話だよ。島中さんは泣いちゃうし、周りは嫌な気分になるし、おまえがすっきりする以外に何のいいこともないんだぞ？」

「自分が仕事しやすいように環境を整えるのは当然だろ。どこで言おうが、相手がやったことも俺が言うことも変わらないんだから、場所移動するために割く手間が無駄」

今もだけど、と付け足す二本木に、垣内はムッとした。

「少しの気遣いで、嫌な思いをする人が減るんだ。自分のことばっかり考えてんなよ、会社なんだぞここは」

「それは島中さんに言う言葉じゃないのか？　ていうかそもそも、何で垣内がこういうことを俺に言ってくるわけ？　無関係だろ」

「おまえが島中さんのことウザいって言ったみたいに、いちいち揉めごと起こすおまえを厄介だと思うからだよ」

「それで実務というか物理的な被害は出てないだろ、垣内は」

「気持ちよく仕事できないのは被害だと思うぞ。俺に限らず、周りも」

「そんなもん気にしなきゃいいだけだ。そもそも島中さんが余計なことしないで、最初に俺が言ったとおり息だけしててくれりゃ何の害もなかったんだよ。垣内に言われて謝ったけど、謝らないどけばよかったって後悔してる」

「……」

駄目だ。まったく話が通じない。垣内は頭が痛くなってきた。何が厄介かと言えば、どうしても二本木の言うことは正論だからだ。元凶について考えれば、仕事ができない、そのうえ何か勘違いして二本木に擦り寄った島中だ。自分が二本木の立場だったらと考えれば気の毒にもなる。

しかし。

「言い方ひとつで面倒なことがなくなるなら、それでいいだろ。子供でもあるまいし、何でそういうことができないんだよ」

「俺がそんなことに手間暇割(さ)くより、仕事する時間に回した方が、会社的に有益(ゆうえき)だから」

真顔で、二本木はそう言ってのける。

「垣内、もしかしてさっき島中さん慰めにでも行ったのか？　おまえが席外してる間に、俺はデバッグ終わらせてレポート書いて顧客にメール送信したぞ。俺に今こうやって話してる時間もすっげぇ無駄だろ。おまえと共同の案件もいくらかあるけど、特に課全体でチーム組んでやってるわけじゃないだろ。空気なんて気にしてないで、自分の仕事ちゃんとやれよ」

これが皮肉ならばまだ救いがあるのだが、二本木はいつも通り、ただ思ったことを口にしている。

垣内が何をどう返せばいいのかわからず絶句するうち、二本木は「じゃ、飯食ってくるわ」と言い置いて、去ってしまった。

「……えー……？」

言い返したいことは山ほどあった気がするのに、咄嗟(とっさ)に思いつけなかった。

二本木を追い掛けることもできずに垣内が呆然と立ち尽くしていると、後ろから、ぽんと肩を叩かれた。振り返れば、隣の席の先輩社員と、彼と仲のいい彼の同期社員が並んでいる。

「二本木。すげぇな、何だ、あれ」

どうやら先輩たちは、垣内と二本木のやり取りを、それとなく聞いていたらしい。

「空気読まないにも程があるっていうか、そんなに社内引っかき回して楽しいもんかねえ」

「な。垣内、もっと怒っていいんだぞ？　あれだけ馬鹿にされて、よく我慢したよ」

馬鹿にされて、という相手の言葉に、垣内は内心で少し首を捻った。垣内自身は、今のやり取りで、二本木から馬鹿にされたとは思っていない。慮られてはいないだろうし、思い遣りを持たないことが人を馬鹿にするというのなら、まあ、そういうことになってしまうだろうが。

「いっそ病気なんじゃないかって思う時があるわ、あいつ。他人を言い負かしたり上に立ってないと気が済まない病？　それで女はちやほやするんだから、どうしようもない」

「病気は言えたわ。悪意がありすぎるもんな、さっきも島中さん泣かして、でもまた町田さんの時みたいに褒めそやして、いいようにコントロールするんだろ、どうせ。支配欲みたいなのが強すぎだよ、なあ？」

相槌を求められるが、垣内は答えようがなかった。

（いや、二本木は、そんなんじゃないような……）

ただただ、本当に、空気が読めないというか、読む気がないだけに見える。

無頓着、と表現する方が近いだろう。

他人をコントロールする気なんて微塵も なくて、人の心なんて少しも顧みず、本人がやりたいようにやっているだけだ。垣内にとってはむしろその方が性質が悪く感じられる。

だが先輩たちは、二本木に悪意があると信じているようだった。無理もないとは思う。そう考えた方がしっくりくる。普通の人間にとっては、他意なく人にあんな暴言が吐けるなんて、理解しようがないだろう。

「垣内も苦労するよな、同期ってわけでもないのに、同い年ってだけで世話焼いてやらなきゃいけないなんて」

「いやあ……」

垣内はただ、曖昧に笑うに留めた。別に二本木の世話を焼いているつもりはない。と言い返さなかったのは、そうしてしまえば先輩たちが面白くない気分になるのはわかりきっていたからだ。同調を求められているのはひしひしと伝わる。が、垣内には頷けない。かといって「そうじゃないんですよ」と説明したところで、彼らはただ二本木を悪く言いたいだけだから納得いかないだろうし、悪く言いたくなる気持ちは垣内にもわからなくはない。

結局笑ってやり過ごすしかない自分を、少し疎ましく思う。二本木を羨ましいと思ってしまったさっきの今では。

(八方美人なんだよなあ)

誰に糾弾されなくてもその自覚はあった。だが思ってもいないことを、相手の尻馬に乗って口にはできない。そもそも本人の居ないところで陰口を叩くなんて、学生でもあるまいし、やり方が好きになれなかった。

どちらの味方もできないししたくない。そろそろ食事に行きますから、と二人に言い置いて、垣内はどうにかその場から逃げ出した。

昼休憩のあと、垣内は補佐の社員を伴(ともな)って、外回りに出かけた。垣内の仕事は自分たちが開発したソフトウェアを企業や病院などを相手に説明したり、納品(のうひん)した商品のメンテナンスをするのが主な役割だ。

それを終えて帰社したのは終業時刻がとっくに過ぎた頃だった。垣内は少し作業が残っていたのでオフィスに戻ったが、補佐の社員にはそのまま帰宅してもらった。他のフロアに社員は結構残っていたが、垣内の課で残業している者は見当たらなかった。

ちょっとした作業を終えたあとに日報を打ち込んでいると、オフィスに誰か戻ってきた。垣内が何気なく見遣れば、姿を見せたのは、こちらも外回りを終えたらしい二本木だった。

二本木は挨拶もなく垣内の方、というか自席の方にやってきた。どことなく不機嫌な雰囲気を察して、垣内は変に緊張する。泣いたり怒ったりする人のそばにいるのは苦手だ。他人のそういう感情をやたらに刺激する二本木は、だからとても苦手だし、二本木本人が不機嫌そうなのを感じれば、勝手に気まずさを味わう。

(本当、こんなこと、気にならないような二本木みたいに雑な性格ならよかったのにな)

などと思って溜息をついた時、垣内は視線を感じて、隣へ視線を向けた。

二本木が、相当な仏頂面(ぶっちょうづら)で垣内を見ている。

「え、何」

ぎょっとしてしまった。二本木は他人を不機嫌にさせるエキスパートだが、本人がそういう様子であることは滅多(めった)にない。なぜなら、二本木は自分の居心地が悪くなるようなことに関して、配慮なく苦情を申し立てるからだ。

「おまえ、結構女々(めめ)しい奴だな」

「は?」

出し抜けにどうしたんだと、垣内はさすがに気まずさよりも腹立たしさを覚えた。

「俺に思うところがあるなら、俺本人に言えよ。陰でこそこそ他人と陰口叩き合ったりとか、子供じゃあるまいし」

「……は!?」

心外過ぎて気が遠くなりかけた。

「何の話だよ?」

「村西さんたちと一緒に、俺の悪口言ってただろ。昼休み。用事思い出して垣内のところに戻ろうとしたら、そういう話してたから」

先輩たちといるところを見られたらしい。しかし、二本木の言葉は垣内にとっては謂われのない糾弾だ。

「たしかに村西さんたちはおまえの話してたけど、俺は混じってないぞ」

「その場に居合わせて頷いてたんだから同じことだろ」

二本木の方こそ心外そうな様子で、憮然としていて、そういう態度に垣内は少々戸惑った。

(二本木でも、他人に悪く言われることは気にするのか……?)

いや、日頃の二本木だったら、誰に陰口を叩かれようと、聞こえよがしに嫌味を言われようと、まるでどこ吹く風という顔でマイペースに過ごしているはずだ。

「垣内がそういうことする奴だと思わなかった」

「俺はおまえに言いたいことが山ほどあるから、昼だって面と向かって言っただろ⁉」

女々しい、などと言われて、垣内は島中に言われたことも思い出し、つい声を荒らげた。

ついでにデスクを拳で叩いた垣内に、二本木は驚いたように目を瞠って、ぱちぱちと瞬いた。

「そういや、そうか」

「だろ⁉」

何度も何度も二本木の態度について注意を繰り返してきたのに、忘れ去られていたり、認識されていなかったのだとしたら、あまりに自分が可哀想すぎる。だが二本木も一応は文句を言われていたことに思い至ったらしいので、垣内は力を籠めて頷いた。

「だな。──おまえキャンキャンキャンキャンよく俺を怒るもんな」

キャンキャンなどと表現されて、垣内は気を悪くしたが、二本木の方はころっと機嫌を直したかのように仏頂面をやめた。

「ってか俺、どうしてこんなに怒ってたんだ？」

「いや俺が知るかよ」

そんなものは垣内の方こそ知りたいことだった。二本木本人から問われても困る。

「あのな、もう一回言うけど、俺はおまえに言いたいことだらけだし、言うべきことが思いつけばちゃんとおまえ本人に言う。おまえの理論が理解を超えた時に言葉を失くす時はあるけど、陰で言ったって状況が変わるわけないんだから、そんな無意味なことしない。まあおまえのこと知らない人の前で、ムカつく奴がいるって愚痴くらい言うことが全然ないとは言わないけど……」

ランパブの女の子に、そうした覚えはあるので、後半の垣内の口調は少し歯切れが悪くなってしまった。

「とにかく、会社の人とか仕事で関わりのある相手には、同僚の悪口なんて言わないっての。陰口なんて叩いた自分にへこむだけだし、俺の価値も下がるし、何のいいこともない。失礼なこと言うな、バカ」

話しているうちにまたむかむかがぶり返し、ついストレートに思ったことを言った上に捨て台詞のごとくバカとまで口にしてしまってから、垣内は言い過ぎたんじゃないかとハッとした。

が、二本木はなぜか、また不機嫌になるどころか、今度は変に嬉しそうな顔で笑っている。

垣内は訝しい気分でそんな相手を見遣った。

「おまえ、どうしてそんな嬉しそうなんだ……？」

二本木があんなに不機嫌になった理由も、こんなに嬉しげな理由も、垣内には見当がつかない。

だからまた本人に訊ねたら、首を傾げられてしまった。

「さあ、どうしてだ？」

「いや、だから、俺に訊かれても知るかよっていう……」

二本木は変な奴だ。そう思いながら、垣内の方も、何となく首を捻った。

（そういや俺、人と揉めるの苦手なのに、二本木だけにはこう、ガンガン文句言うな）

温和と言うより日和見主義で、垣内は基本的に揉めごとをできる限り避けるタイプだ。巻き込まれれば対処もするが、これも極力、穏便にすむよう、相手を立てたり多少理不尽だと思っても自分が謝罪してことを丸く収める。その方が気楽だった。

そういう性質を指して、島中にはへらへらだのなよなよだのと評されたのだろう。

しかしこと相手が二本木だと、どちらかといえば垣内自身から進んで突っかかっている気がする。

誤解されて糾弾されるのが我慢ならず、言い返しもする。

普段なら、「そういうつもりじゃなかったけど、そう見えたんなら俺が悪かったな、ごめん」とでも言って、相手を宥めにかかるのだが。

(まあこいつにそういう交渉術なんて通じないだろうし、正面切って文句言ったところでこたえないだろうし、多少言葉を荒くしたところで傷つくような繊細な玉じゃないし、それでこっちを嫌ったりするようなタイプでもないだろうし――)

そう考えて、なるほど、と垣内は自分で納得した。

二本木が相手では気を遣うだけ無駄だから、遣っていないということだ。

「垣内って、変わってるよな」

こちらをまじまじと眺めていた二本木に言われて、垣内はまた非常に心外だった。

「二本木にだけはそれを言われたくない」

「そうか?」

「そうだよ」

力強く頷いてから、ふと、垣内は先刻二本木に言われた言葉を思い出した。

「おまえ、昼の時に何か俺に用があって戻ってきたんだろ。何だったんだ?」

「ああ。垣内もランチに行くっぽかったから、一緒に行こうかと思って」

「……」

垣内にはあまりに予想外の返答だった。その直前まで自分たちはそれなりにぎすぎすしたやり取りをしていたはずだ。それなのに、ランチに誘うという選択肢が出てくるところが、すごい。

「それ、日報終わるだろ。俺もサクッと報告するから、飯食いに行こうぜ」

挙句、今度は夕食に誘おうとしてくる。

二本木という男が、垣内にはよくわからなくなった。元々理解など欠片もしていないが。

「まあ、用もないし、いいけど……」

やっぱりおまえこそ変な奴じゃないか、と思いつつ、誘いを断る理由もないので垣内は頷いた。これが嫌いな上司や面倒臭い後輩からの誘いであっても、垣内は頷いただろう。波風立てたくない性格というのは、そういうものだ。

「でもくれぐれも言っておくけど、俺は町田さんや島中さんに対するおまえの態度を許容したわけじゃないからな。村西さんたちと一緒になって陰口を叩いたりなんてしなかったけど、俺は俺個人としておまえの言動に文句があるし、気に食わなければおまえに文句言うけど」

食事を誘われたことに対する返答がこれというのも少し妙な気がしたが、このままなあなあで仲よく出かけるのも、しっくりこない。

釘を刺しておこうと、我ながら感じの悪い言い回しになってしまったのに、二本木の方はまた妙に嬉しそうな表情で頷いた。

「おう。俺も、納得いかなけりゃ言い返すし無視するわ」

「……そうニコニコ返事されても困るんだけど……」

「肉食おうぜ、肉。ちょっと歩くけど、安くてうまい韓国焼肉屋教えてもらったんだよ、客に」

言葉どおり困惑する垣内を余所に、二本木はマイペースだ。

しかし今の二本木に文句を言う要素もみつからず、どうしてこうなるんだろうと首を傾げつつも、垣内は彼と共にオフィスを出て、一緒に夕食を食べた。

3

垣内としては、一応二本木に対して「これからも気に食わなければ文句をつけるぞ」と、ある意味宣戦布告をしたつもりがあった。

なのにそれ以来、二本木はやけに頻繁に垣内に声をかけるようになってきた。やれランチに行こうとか、飲みに行こうとか、そんな調子だ。

（そもそもこいつ、こんなに人懐っこかったか……？）

垣内の方が中途で入社してから半年、顔を合わせれば挨拶くらいはしていたが、垣内の歓迎会以来一緒に食事をするのも飲むのも、先日誘われた時が初めてだ。

二本木との食事は案外和やかに行われた。最初だけではなく、その後何度か誘われた時も。どうも二本木が他人に突っかかるというか、遠慮会釈のない言葉で物を言うのは、主に仕事が絡んだ時のようだ。

「そりゃそうだろ、だって仕事だぜ？」

そのことについて指摘すると、何を今さらというような顔で返答された。平日、お互い仕事が終わったあとに、また二本木の方から垣内を誘い、飲みに来た時。

「会社から金もらって働いてんだ。固定給だからって手抜きするのは給料泥棒だし、自分で仕事しやすい環境を整えてやることやるのなんて、社会人として当然だろ」

大人としての配慮がどうも足りないように見える二本木に、「社会人として当然だろ」などと言われて、垣内は言葉を失った。

（でもまあ、少しは理解できる……か……？）

「島中さんなんて会社にとっては害悪だよ。垣内はいいよな、島中さんに無視してもらえて」

島中は二本木に対して懲りずに手伝いを申し出たりしているが（そしてそのたび二本木はにべもなく断っているのだが）、垣内はどうも敵認定されたようで、二本木の言うとおり無視されている。

とはいえ垣内には別に補佐がいるし、島中に無視されたところで何の支障もなかった。

「でも今の二本木の理屈で言えば、島中さんの手伝い断って何もさせないってのは、それこそ給料泥棒じゃないのか？」

「あの人、ミスしてはやたら備品使うだろ。コピーミスとか印刷ミスで故紙山ほど出すよりは、何もしないでいてくれた方が、まだマシだ。ミスしてへらへらしてられる神経が理解できないから俺は嫌いだけど、会社の意向で雇ってるなら仕方ない。俺は人事じゃないし、俺の立場で最も損害が少なくなるように立ち回るだけだ」

筋が通っているような気もしたが、垣内は完全には納得できない。

「そこまで考えてるのに、おまえはおまえで、相変わらず周りの空気を破壊して回るんだよな……」

今日の昼間は、とうとう村西とやり合った。二本木も関わっている仕事で、村西が商品の仕様を勘違いして無断で変更しようとしたことがわかると、先輩に向けるとは思えない言いようでその不注意に対してコメントした。二本木を相手に鬱屈を溜めていた村西はかなり厳しい口調で相手の無神経さを責めたし、島中のことも引き合いに出した。

『たしかにおまえは仕事できるかもしれないけど、島中さん泣かせたり、人前で侮辱したり、社会人としてっていうか人間として神経を疑うね！』

多分、村西がそう言った時、二本木に対して反感を持つ社員たちは心の中で拍手喝采を送ったのではないだろうか。

垣内は胃が痛くなる思いだった。二本木が責められていることに対してでは、勿論ない。

『俺が仕事できることと、村西さんが仕事ミスったことと、何か関係あるんすか？』

二本木が訝しそうに問い返し、村西の顔が真っ赤になった時、ほら見ろと思った。そういう返しを予想していたから、垣内は一人で気を揉んでいたのだ。

感情的な言葉に正論を返すことほどの愚策はない、と垣内は思っている。その愚を二本木は犯し、当然ながら村西はもう理論もへったくれもなく二本木を罵った。見兼ねた別の社員が村西を「そんなやつに何言っても無駄だから放っておけよ」という言い方で宥めたが、村西はずっと荒れていて、おかげで終業までやりにくいったらなかった。

「会社は別に仲よくするところじゃないだろ、学校じゃあるまいし」

そのことについて垣内がまた苦言を呈するが、二本木の方は気にする素振りすらない。

「いや、おまえ、学校でも絶対他人と仲よくなんてしてなかっただろ？」

それくらい垣内にも簡単に想像がついた。二本木のこの性格で、学校にいる頃は空気を読んでみんなと仲よくしていましたと言われたって、信じられるわけがない。

「今も昔も、別にすすんで空気壊そうとなんてしてない。俺と話すと勝手に相手が怒るだけで」

これだよ、と垣内は頭を押さえた。

「仕事のミスを指摘されたら謝って改善するけど、ミスした方におまえの態度が気に食わないって言われても、文句言う前にそのミスをリカバリーしろよとしか思わないだろ」

「あのな、人間てのは、人前でミスを指摘されたり、叱られるのは、恥ずかしいもんなんだよ」

「俺はミスする方が恥ずかしい。指摘されて逆ギレなんてさらに恥ずかしい」

垣内は、思わず辺りを見回した。会社近くの居酒屋に入ったが、万が一にも同じ職場の人がいて、今の二本木の発言を耳にしたら、たまったもんじゃない。

「どうした、きょろきょろして」

二本木の方は、そんな垣内の懸念など理解しない。

「……おまえ、今の、おまえが嫌いな『陰口』じゃないのか？　俺のことは滅茶苦茶責めたくせに」

「本当のこと言っただけだし、それが陰口と感じるとしたら、本人の問題だ」

「待て待て。それを言ったら、こないだの村西さんだって、あの人たちにとっては『本当のことを言っただけ』になるんだぞ。おまえの態度は、たしかに社内を引っかき回してるように見えるし、おまえの言い分が理解できなければ、悪意があるように感じても仕方ないんだって」

「悪意なんてないし、引っかき回されてると思うのは相手の勝手」

二本木はそう言うだろうな、と予測できてしまった垣内は、そのままの答えが返ってきたのでまた頭を抱えた。

盛大な溜息を吐く垣内を、テーブルの向かいに座っている二本木が眉を顰めて見遣る。

「何で垣内が気に病むんだよ」

「俺は空気悪いのがすっごく嫌なの！　おまけに最近おまえと話すうちに、どうしてそういうこと言うのかとかはわかっちゃったし、でも村西さんたちの気持ちもわかるから、頭痛いんだ」

「苦労性だなあ」

「お、おまえに言われたくない……」

ここのところ、垣内は自分が妙に二本木と打ち解けているような雰囲気になっていることに気づいた。おかげで村西やその周辺の人たちからは、二本木の肩を持っていると当たりが厳しくなってくるし、これで苦労しない理由など思いつけない。

「垣内は別に俺の肩なんて持ってないじゃん、人前で俺を庇ったりしないし、どっちかって言うと相変わらずぐちぐち文句つけてくるし、今みたいに」

「なのにこうして飲みに来てるから、馴れ合ってるように見えるんだろ、村西さんたちには」

「嫌なら誘っても断れば？」

「……特に嫌じゃないのがなあ……」

そういう自分の心境にも、垣内は少し途方に暮れる。相手の言動をどうしても窘めずにはいられないのに、差し向かいで飲んで、相手の話を聞いていても、不快ではない。

以前はすぐに問題を起こす二本木に苛立っていたが、今はどちらかというと心配なだけで、腹が立ちはしなかった。いっそ、村西側に混じって、一方的に二本木を悪く言えるような性格とか立場な方が、楽だったんじゃないかと思えるほど。

「っていうか垣内は言ってることが矛盾してるよな。人前で叱られるのは恥ずかしいんだからやめろって言う割に、俺のことは人目があってもガンガン叱ってくる」

「おまえ俺が怒っても気にしないだろ」

「しないけど」

垣内はビールやつまみの並んだテーブルに突っ伏したくなった。

「それを言うなら二本木だって矛盾してる。陰口だと感じるのは本人のせいとか言いながら、俺が陰でおまえの悪口言ったたって勘違いして怒るんだから」

「それなんだよな……俺、面と向かって罵倒されるのも陰で悪く言われるのも慣れてるし、全然気にならないんだけど、いつもは」

「いや気にしろよ。多少は気にしてくれよ、頼むから」

「でも垣内が俺の悪口言ってると思ったら、すっげぇ苛ついて」

「だから、だったらそういう態度を見せてくれよ。二本木は俺がどれだけ怒っても、平然としてるだろ、いつも。っていうか最近逆に面白がってる気すらするんだけど」

「垣内は根気強いなと思ってさ。昔から俺にあれこれ忠告してくる口うるさい奴って定期的に現れるんだけど、大抵すぐ諦めるんだよ。垣内は諦めないから物好きだ」

「もうさ、それ、おまえに言われると滅茶苦茶微妙な気分なんだけど」

話しつつ、垣内は自分だって、自分に文句を言われた時の二本木と同じような態度になっているんじゃないかと気づいた。

相手の発言に頭を痛めながらも、やり取りがどこかで快い。もう深刻な口論というものを、二本木とはできない気がしてくる。

以前は「なぜ二本木はわざわざ波風を立てるようなことを言うのか」と腹を立てていたし、今だってことを荒立てる相手を許容できはしないのだが、『なぜ』という部分を理解してしまったせいかもしれない。共感はちっともできないが、察しはつく。そのくらい、二本木と距離を詰めてしまった。

そして二本木の理論は、やはり垣内の憧れでもあるのだ。

(ほんと、このくらい割り切って生きてけたら、楽だろうよ)

自分がどちらかと言えばいろいろなことを気に病みすぎる性格だということを知っている。その方が人間関係がうまくいくことも知っている。そういうふうに振る舞おう、と決めた時期があったわけではなく、これは多分垣内の生まれ持った性格だ。

そういう垣内を、ある種の人間は下に見る。こいつは何を言っても怒らない。下に見るとまではいかないが、便利に使われることも多い。たとえば学生時代、学級委員だの何かの行事の代表だのに、やたら推薦された。垣内ならできるという好意もあるのだろうが、大半は、「こいつなら面倒臭いことも黙ってやってくれる」という押しつけもあったと思う。

(二本木なら、押しつけられても、嫌な時は嫌って断れるんだろうなあ)

それ以前に、この男を人をまとめる役割に推薦する奴もいないとは思うが。

揉めごとが苦手なのに、揉めごとが起きた時に仲裁を頼まれるのも、垣内には昔からだ。どちらが悪いと決めつけることもできないので、できるだけ双方の言い分を聞いて、誤解があれば解こうと努力する。それがいつの間にか、揉めている当人同士が「垣内ってお節介でうざいよな」などと悪口を言い合うことで親睦を深める場合もあるから、たまにやってられない。

今も、村西たちには「垣内は二本木の悪口に同調したくせに、二本木とも馴れ合ってる八方美人」とか、陰口を叩かれているだろう。実際聞こえよがしにそう皮肉を言われたこともある。

本当は二本木の誘いに乗って、のこのこと飲みに来たりしない方が、それこそ波風が立たないだろうということはわかっているのだが。

（でも何か、来ちゃうんだよなあ）

女子社員が二本木を飲みに誘っても「垣内と行くから」と名前を出すようになったせいで、垣内は彼女たちからもそこはかとなく恨まれる気配を感じている。じゃあみんなで一緒に、と喰い下がられても、「垣内と二人で気楽に飲みたい」などと答えるせいで、余計にだ。

前回もこの店で飲んだ時は、どうやら二本木の行方を追っていたらしい女子社員二人組に、偶然を装って同席しようと声をかけられたのに、二本木ときたら「え、何で？　嫌だけど」と身も蓋もない断り方をした。

（俺、多分二本木の誘いを断った方が、立場的にはいいんだろうなあ）

保身を考えるならそうすべきだ。常々そう思っているのに、垣内は二本木から「メシ食おうぜ」とか「飲もうぜ」と誘われると、何だか断れない。それは誘いを断るのが苦手という性格だけが原因ではない気が、最近はしている。

二本木といるのは、ちょっと、楽しいのだ。

自分でも信じがたいことだった。

今でも二本木が会社で暴言を吐けば、厳しく諫める。厳しく言わないと二本木には通じない。言ったところで通じないのだが、お説教をやめられない。

その態度に文句をつけ続けるのに、こうして二人で飲んだりもする。

垣内は本気で二本木を窘めているのだが、端から見れば、もう馴れ合いにしか見えないかもしれない。

（俺も『陥落』したってことか……）

そう考えると垣内は複雑だった。いけ好かなかった相手に誘われたら嬉しがる——というつもりはなかったが、結局、そういうことなのだろうか。

（いや、むしろ、突っ込まなくていい泥沼に足を突っ込んでしまったかのような）

あれこれ考えつつ、結局は、誘われればのこのこと二本木についていってしまう垣内だった。

◇◇◇

二本木と村西周辺の社員は相変わらずぎすぎすしていて、懲りずに二本木に近寄ろうとする島中を牽制する女子社員たちの空気もいいとは言えないまま、かといって大きな衝突が起こるわけでもなく、まあ島中が入社した三ヵ月前から代わり映えのない日々が過ぎた。

垣内は週に一度は二本木と食事なり飲みになり行くようになり、お互い休憩のタイミングが合えば一緒にランチに行くようになったことが、ものすごい変化ではあったが。

「懐いたもんだよな」

今日も二本木に呼ばれてランチに出ようとした時、村西に聞こえよがしに呟かれてしまった。

まるで垣内の方が好んで二本木に近づいているような言われ方が心外だったが、そこに訂正を求めるのもおかしい気がして、垣内は「ランチ行ってきますね」とだけ村西に告げて席を立った。二本木はすでにオフィスを出ている。

それを追って廊下に出たが、二本木の姿が見当たらなかった。休憩スペースの方を見てもいない。どこで昼食を取るか打ち合わせてもいないから、先に店に行っているわけでもないだろう。

（いや、二本木ならありえるか……？）

毎回、二本木が食べたいところに食べにいく。垣内は好き嫌いがないし、どの店でも腹が満たされるなら文句がない。どこに行こう、という打ち合わせすらないから、今日の二本木が何を食べる気なのかはわからない。

どうしたもんかと思いながら、エレベーターは使わずに階段でビルの出入口へと向かう。二本木は別の部署に知人がいる。その辺りかなと思って見当をつけて別のフロアの休憩所を覗いてみたら、思ったとおり、二本木とその知人の社員がいた。

あんな性格でもやはり二本木を気に入る人は気に入っていて、二本木の方はそもそも気兼ねというものを知らない男だし、声をかけられれば（自分の仕事を阻まれない限り）割合普通に世間話に乗るのだ。

「――で、やっぱりすげぇ片想いなんですよね」

他の社員と雑談している二本木に、「声かけといて先に行くなよ」と文句を言ってやろうと近づきかけた垣内は、つい足を止めた。

（片想い？）

二本木の口から出るには意外すぎる言葉が飛び出た気がして、驚いてしまったのだ。

「いやもう、会いたくて会いたくて……今も、何やってんだろうなってつい考えますよ」

「熱烈だなあ」

相手は、二本木のたしかに熱烈な言葉に笑っている。

二本木の方は、微かな溜息をついたりして、少し思い詰めた様子にも見えたから、垣内はそのまま固まったように動けなくなってしまう。

「会いたいし、触りたいなあ……」

焦がれるように二本木が言う。

そのことに対して、一体なぜこんなに衝撃を受けているのか、垣内には自分でもわからなかった。

何の話してるんだ、とでも割って入ればよかったのかもしれないが、どうしてもそれができなかった。ようやく動くようになった足をそろそろと動かし、むしろ二本木に気づかれないよう細心の注意を払ってその場を後退さる方を選んでしまう。

エレベーターに向かい、乗り込んだところで携帯電話が鳴った。二本木から「これからビルの前に行く」という連絡が今さら来る。さっき二本木の近くにいた時に鳴らなくてよかったと心底胸を撫で下ろしつつ、垣内は了解と返事をした。

（二本木——好きな相手が、いるのか）

しかもあんなふうに切なそうな顔をするほど想う相手が。

（あの二本木がああまで惚れるって、どんな相手なんだろう）

勿論（もちろん）、仕事ができて、聡明で、二本木を苛立たせるようなことを決してしない人だろう。美醜（びしゅう）はさして気にしないタイプのようなので、美人か可愛いかはわからないが、厚化粧を嫌うのだから、色んな意味で自然体の女性だろうか？

——気づけば垣内は、二本木と落ち合ってからも、彼が片想いしているとかいう相手にばかり思いを馳（は）せてしまう。

理由はやはりわからなかったが、そんなに気懸かりなら直接本人に訊ねればいいのかもしれない。思うところがあるならこそこそ人と話してないで直接言え、と豪語するくらいなのだから、質問をぶつけた方がいいに決まっている。

聞こう、と思って定食屋で向かいに座る二本木に向けて口を開くところまでいっても、言葉が出てこなかった。それを何度も繰り返すと、二本木に怪訝（けげん）な顔をされてしまう。

「垣内、今日何か変じゃないか?」

何か変なのはおまえだ、と言いたかったが、それも言えなかった。

その日は垣内の方が外回りの仕事に時間を取られて、社に戻った時にはすでに二本木が帰宅していたのが、幸いだったのか逆なのか。

それすらもよくわからないまま、垣内は延々と二本木の片想いの相手に思いを馳せながら、自宅に戻った。

玄関のドアを開けると、いつものようにドナが可愛らしい甘え声を出しながら擦り寄ってくる。おかげで少しだけ気分が落ち着いた。

「おまえがいてよかったよ、ドナ……」

抱え上げてぎゅうっと抱き締めたら、嫌がって前肢で顔を押されてしまったが。

猫だし、そういうところもまた可愛い。ぐりぐりとドナの毛並みに顔を押しつけると、さらに嫌がり鳴き声を上げたが、引っ掻いたり本気で逃げたりはしない。ドナは本当に垣内に懐いている。元々甘えん坊の猫なのだ。

「よしよし、今日はささみ茹でてやろうな」

などとこちらもベタ甘の声音で言って、自分の分の夕飯と一緒にドナのご馳走も用意してやっていたら、携帯電話にメッセージが届いた。確かめると、ランジェリーパブに勤める女の子からだ。また遊びに来てね、という営業。それから、もし時間があったら同伴でもアフターでもなくてちょっと話がしたいなという頼み。

(店続けるか、やっぱり迷ってるのかな?)

相談には乗ってあげたかったが、今の垣内は、気を抜けばまた二本木の片想いの相手について想像をめぐらせてしまう。そうしないために、ドナを膝に載せて、熱心にささみを食べる姿を眺めた。相手の悩みを真面目に聞く態勢にはどうしてもなれずに、「仕事に暇ができたら、また店に行くよ」と返事をするだけに留めた。前々から悩んでいるようだったから、意図的に流すのは気が引けたが、中途半端に相談に乗るよりはマシだろうと結論づける。

「……にしても、本当に、何をこんな他人の好きな相手のことを考えてるんだ、俺は……？」

そこがどうしても腑に落ちず、ささみのおかわりを要求してこちらを見上げてくるドナに訊ねてはみたが、勿論答えが返ってくるはずもなかった。

考えすぎて、とうとう夢にまで二本木と、その片想いの相手が出てきてしまった。

二本木は顔のよく見えない、だが可愛らしい雰囲気の女性と肩を並べて、彼らしくもなくでれでれとやに下がった表情をしている。

（おまえ、普段他人に対してあんな態度なのに、その人にはそんなかよ）

ということに腹を立てながら、目が覚めた。

夢だったと自覚して、垣内は盛大に頭が痛んだ。

「どういう夢だよ……」

枕許に丸まって寝ていたドナの腹に顔を埋めて呻いたら、嫌がって、逃げられてしまった。

すっきりしない気分で会社に行くと、二本木は外回りで不在だった。

午後に戻ってきたので、垣内は初めて自分から相手を呑みに誘ってみた。どうにもこうにも、相手について聞かないことには、落ち着かなかったのだ。

「あ、今日、先約あるから」

しかし二本木から返ってきたのはそんな答えだ。

二本木は、心なしかうきうきしているように見える。

「そっか。他の社員と？」

さり気なく訊ねたつもりだったが、露骨に探りを入れたように聞こえやしなかったかと、垣内は自分の言葉にひやっとした。

「いや、全然違う」

浮かれていた二本木はそんな垣内の様子にも内心にも気づかなかったようで、いつもの十倍は機嫌がよさそうに見えた。

自分の席でPCを弄る時も、どこか機嫌がよさそうだし、そわそわしているようにも見えた。何度も時間を確認している。終業の時報が鳴るなり、PCだの書類だのをさっさと片づけて、立ち上がった。

「じゃ、お先です」

周囲の社員に告げて、二本木はオフィスを出ていった。

「何だあいつ、ウッキウキじゃん……」

村西も、悪態というよりは呆気に取られたように呟いていた。

おかげで垣内は昨日以上に落ち着かない気分を味わった。

落ち込んだ、と言ってもいいかもしれない。

(あれ、絶対、相手に会いに行くんだよな)

そう確信したら、どういうわけか、落ち込んでしまったのだ。二本木の浮かれ方は普通じゃなかった。どう見たって、片想いの相手に会いに行くとしか思えない。

(何か、何でだ……どうしてこんなにへこむんだ?)

二本木と色恋沙汰があまりに結びつかなかったせいだろうか。

あいつが片想いだなんて、と思ってしまう。二本木なら、見た目だけで女が寄ってくる。勿論日頃の言動のせいで、女性社員の中には村西と同じくらい二本木を毛嫌いしている人もいるが、大抵は二本木の方から声をかければ断らないだろう。

(社内の人じゃないって言ったし、仕事で付き合いのある相手っていう感じじゃなかった気がするから、学生時代からの知り合いとか、近所の人とか……)

本人に確かめれば済むであろうことを、垣内は今日も延々と想像してしまう。

自宅に戻ってからも考え込んでいたら、手に痛みを感じた。驚いて見下ろすと、床に座る垣内の隣で、ドナが唸(うな)り声(ごえ)を上げながら垣内の指に噛(か)みついている。

「あ……ごめんごめん、ドナ、ごはんあげてなかったよな」

慌てて垣内は立ち上がった。考えに耽(ふけ)るあまり、大事なドナに食事を与えるのを失念していた。ドナの分も、もちろん自分の分も、用意していない。何てミスだと我ながら驚く。

器にドライフードを盛ると、ドナはよほど腹が減っていたのだろう、かつかつと勢いよく食べはじめた。垣内は申し訳ない気分で、その背中を撫でる。

（ドナの可愛さよりも、二本木なんかの方に気を取られるなんて……）

信じられない気分でドナを見下ろす。ショックだった。

（駄目だ、やっぱり明日、本人に聞こう）

多分、性格的に恋人なんてできそうもない――というより、恋に現(うつつ)を抜かすところなんて想像できない二本木が恋をしているという事実に、度肝を抜かれたのだ。

それで驚いて、混乱している。

本人の口から相手について聞けば、二本木も人の子だったんだなとからかってやることもできるし、その子に嫌われたくないならその好き放題言うのを直せよとか注意もできる。いいことだらけではないか。

垣内はそう決めるが、聞きたい気持ちと聞きたくない気持ちが、一晩中せめぎ合い、よく眠れなかった。

よし、聞くぞ、聞くぞ——と自分を鼓舞(こぶ)して、垣内は翌日会社に向かった。

いつもなら、外回りに直接行く用事がなければ、二本木は垣内より少しだけ遅れて出社する。

だが今日はなかなか姿を見せなかった。始業前には仕事にかかる支度をする男なのに、やっと出社したのは、始業時間ぎりぎりだ。

そして二本木がオフィスに姿を見せた瞬間、ざわっと、その場にいた社員たちの間にひそかなざわめきが湧(わ)いた。

「え……ちょっと、二本木君、どうしたの、その顔?」

町田(まちだ)が、真っ先に声をかけている。

二本木は右の頬に大きな絆創膏(ばんそうこう)を貼っていた。よく見ると、右手の甲から手首にかけては包帯が巻かれている。

「別に。何でもないです」

町田に答える様子は、とてつもなくぶっきらぼうだった。浮かれてニコニコする二本木というのも滅多(めった)に見ないが、あからさまに不貞腐(ふてくさ)れている二本木というのもまた珍しい。人に暴言を吐く時に二本木が浮かべるのは、大抵怪訝そうな顔だ。「なぜそんな無駄なことを言うのかわからない」という表情をする。自分が気に入らないから文句を言うとか、不機嫌だから八つ当たりをするとか、そういうところのない、公平で、だからこそ面倒臭い性格だと垣内は認識している。

が、今の町田に対する突慳貪な返答は、どう見ても八つ当たりだった。

町田が鼻白んでいる間に、二本木は自分の席に座った。

「おい、どうしたんだ、二本木。その顔」

今度は、垣内の向こうから、村西が二本木に訊ねてくる。おい勘弁してくれ、と垣内は素知らぬ顔を貫こうと努力した。

「どうもしません。個人的な怪我です」

「おまえ、そんな顔で客先に行くつもりか？　仕事の内容より、そっちについて質問されて、困るんじゃないのか」

村西は完全に面白がっている。以前町田の厚化粧に対して二本木が言ったことを、そのまま二本木自身にぶつけた。

二本木は仏頂面のままではあったが、案外素直に頷いている。

「そうですね。だから今日は医大の方、村西さんに行ってもらった方がいいと思います。こちらの不都合でご迷惑をかけて申し訳ありませんが、よろしくお願いします」

「え……っ」

今日の営業は、村西も関わっている商品だったようだ。二本木は不機嫌な顔ながらも一応丁寧に村西に対して頭を下げたので、進んで絡んでいった村西の方が驚いている。

「わ……わかった、じゃあ、そうするけど……」

「はい。資料が必要なら町田さんに頼んでください。町田さんにも、こちらから伝えておきますので。アポ、十四時からです。すみません」

「……おう……」

殊勝にされると案外強く出られないというか、日頃生意気な後輩に頭を下げられた村西は、戸惑いつつもどこかまんざらでもないという表情になっている。きっと村西の想像では、当てこすられた二本木が怒り出したり、萎れたりするはずだったのだろう。

「いつもそんなふうなら可愛いのによ」

捨て台詞のような嫌味は、到底嫌味には聞こえないことに、村西本人は気づいているのか。

（本当に、二本木ってなあ……）

何て厄介な男なんだろうと思いつつ、垣内も二本木の絆創膏や包帯の存在が気になって仕方がなかった。

昼休憩になると、垣内は再び自分を鼓舞して、二本木に声をかける。

「おまえ、その顔じゃ外に食べに行くのも嫌だろ。何か買ってきてやるよ」

「おー……助かる」

垣内に対しても二本木は殊勝だ。村西とのやり取りを見ていた他の社員が、入れ替わり立ち替わり怪我について訊ねるので、辟易しているようだった。怪我をしたのは自分の落ち度なので、目障りだろうが気にしないでほしい、申し訳ない、というようなことを、繰り返し皆に説明していた。

二本木の申し出で、垣内が弁当屋で買ってきた昼食を、人目の少ない屋上で取ることにした。高いフェンスと給水タンクのある屋上への出入りは自由だが、ベンチもなく吹き晒しで、灰皿も撤去されてしまったので、ドアから外に出てみると他に誰もいなかった。

「……あのさ、いい加減、うんざりしてるかもしれないけど」

並んでコンクリートの地面に胡座をかき、弁当を広げながら、垣内はそう切り出した。好奇心たっぷりな人目から逃れられてどこかほっとしたような様子だった二本木が、またむっと眉根を寄せる。

「どうせ、これのことだろ」

二本木が自分の頬の絆創膏と、右手の包帯を触る。うん、と垣内は頷いた。

「あと、それ……」

二本木のスーツのポケットからは、白い袋が覗いている。ちらりと、内服薬という青い文字が見えた。多分、病院でもらったらしい薬袋だ。

「昨日、兄嫁が、夕飯食わせてくれるって言ったから、遊びにいったんだ」

二本木がそう説明をはじめる。垣内は頷いて、先を待った。

「五つ上の兄貴がいるんだけど、最近結婚して。嫁さんは若くて、俺より年下で」

「……」

もしや、と垣内は胸をざわつかせた。

(それが、二本木の片想いの相手……?)

浮かれていった先が兄嫁のいる家なら、垣内には、そうとしか考えられない。

「……俺はもう、本当に、すごく好きなんだけど」

だが半ば邪推のつもりであったのに、二本木が辛そうな声で言うから、垣内は愕然とした。

「好きっていうか愛してるのに、触ろうとしたら逃げられるし、追い掛けて力尽くで抱き締めたら引っかかれるし……」

「……」

まさに、熱烈だ。二本木の言葉にも態度にも、垣内はものすごい衝撃を受けた。頭を殴られたかのようにぐらぐらするし、弁当に手をつけてもいないのに、胃から何かが逆流しそうな有様だった。

「しかも引っかかれたところも嚙まれた手も、すっげぇ腫れ上がって。手は縫う羽目になったし、そこが化膿して飲み薬とか出されるし、見ろよこれ、こんなだよ」

二本木は、ちょうど弛んでしまっていた包帯と、手に当てていた血の滲むガーゼを取り払った。

「……」

垣内は乱れた胸中を持て余しながら、言われたとおり相手の手を見る。

「……」

まじまじとみつめ、そして、垣内は気づいた。この手の傷口、腫れ方に、覚えがあると。

「……猫か?」

「猫だよ。何だと思ったんだよ」

二本木があっさり頷いた。

垣内はその場に突っ伏したくなった。

「何って、猫って言ってないぞおまえ……!?」

「あれ、そうだっけ。猫だよ、義姉さんが学生時代から飼ってて、結婚する時に新居に連れて来た猫。これがまた、えっらい可愛くてさあ!」

二本木は、昨日を彷彿とさせる浮ついた調子で、怪我をしていない手でポケットを探り、携帯電話を取り出した。

待ち受けに、大変個性的な、鼻面の潰れたような、毛の長い猫の写真が設定されていた。

「う、うわ……可愛いな!」

一般的には、不細工というカテゴリに入る容姿かもしれない。だが、二本木の義姉という人の飼い猫は、何とも愛嬌のある、人の胸をきゅんとさせるような、しかも何か人の言うことを理解していますとでもいう顔つきで、こちらをじっと見ている。

「だろ……！」

二本木が力強く頷いた。

「俺、猫って嫌いだったんだよ。躾けられないし、犬の方が聞き分けもいいし、役に立つし……」

「いや、そんなことはない。猫っていうのは、いくら気紛れだろうと我儘だろうと傲慢な振舞いをしようと、存在だけで可愛いし価値がある！」

犬を引き合いに出されて猫を悪く言われ、垣内は咄嗟に力説してしまった。強く言い張ってからしまったと思う。猫を悪く言われると昔からこれだ。男のくせに猫を猫かわいがりして気持ち悪いと誹られることが何度もあったので、なるべく堪えるようにしていたのに。

二本木にもひかれるかと思ったが、返ってきたのは、力強い頷きだった。

「そう、そうなんだよ。最初こいつに会った時、義姉さん以外には懐かないし、このツラで高飛車な態度だからムカついたんだけど、でも見てるうちに、何だかもしかしてすっげぇ可愛いんじゃないかって……猫缶の残りを漁ろうとして缶に鼻面突っ込んで缶と一緒に移動して、いつまでも食べられなくて悲しそうに鳴くだみ声とか……尻を舐めようとしてバランス崩したりとか……油断して俺がいるってのに腹出して寝て、しかも寝言言ってる姿見て、もう駄目だった。気づいたらこいつの腹に顔を埋めて、まあ、それ以来滅茶苦茶嫌われて、俺が行くたびに背中の毛とか尻尾とかすっげぇ膨らまして、シャーシャー言うようになって」

二本木は垣内以上に力説している。よほどその猫にご執心なんだろう。

「どうやったら義姉さんみたいに懐いてもらえるんだか……」

物憂そうに呟き溜息を吐く二本木は、猫に対するにしては大袈裟に見えたし、それに一喜一憂した自分にも、垣内は呆れ果てた。

（何だ、猫か……猫なら仕方ないけど……）

懐かない猫はとことん懐かない。垣内も、昔実家で飼っていた半野良がどうしても母にしか懐かず、自分に気を許してくれなかったから、切ない思いをした。無理に撫でようとして噛みつかれ、そこから化膿して病院の世話になったのは、今の二本木と同じだ。

だから気持ちはわかるのだが、猫が相手だったのに勘違いして、二本木の片想いの相手を知りたくて聞けなくて思い悩んでいたこの二日間が、そういう自分が、馬鹿みたいだと思う。

「猫だけじゃなくて、家族が飼ってた鳥にも、学校で飼ってたハムスターにも、とにかく動物全般に、何でか嫌われるんだよ。犬だけは、脅しつけたら言うこと聞くようになったんだけど」

二本木の方は相変わらず真剣だ。しかし、相手が悩む理由は垣内にはわからなかった。

「何でって、そりゃ、おまえが威圧的だからだろ」

原因なんて自明の理ではないか。動物は、それも小さければ小さい種類ほど臆病で繊細(せんさい)だ。二本木なんて、怖れられて当然だ。

「どうせ足音とか声ひそめたりもせずに、ずかずか近づいて、ガッと体抱き上げようとかしてるんだろ。そんなの、怖がって逃げるに決まってる」

「……」

当たり前のことを言ったつもりだったのに、二本木からは、恨みがましそうに睨(にら)まれた。

「おまえはいいよな、その辺の野良猫にも懐かれて」

「え……ッ」

ぎょっとして、垣内は隣に座った二本木の顔を見遣る。二本木は、解(と)いた包帯を何とか片手で巻こうと苦心していた。案外不器用らしく、締め付けが甘くて、すぐに弛んでしまい、うまくまとめられていない。

「コンビニの裏手の猫とかさ。ちょっと前に産まれた奴ら。ちょろちょろしてる小さいのに、よく集(たか)られてるだろ、垣内」

見られていたのか、と垣内は一人目許を赤くした。

会社ビルから少し離れたところに、二本木の言うとおり産まれてまだそれほど経(た)っていない子猫の兄弟が棲(す)み着(つ)いている。しかも垣内の愛するアメショの血が混じっているらしい奴らだ。みつけたのは偶然だが、彼らの様子が気になって、たびたび足を運んでしまう。最近も、二本木にランチを誘われなければ、そのコンビニに弁当を買いに行くついでに子猫を見に行っていた。いや、子猫を見に行くついでに弁当を買うという方が事実に即しているか。

「たまたま見かけて、こいつすげぇなと思って観察してたんだけど」

まじまじ見られていたらしい。

しゃがみ込んで子猫を撫でたり、こっそり餌をやったりしていたので、今さら「俺もたまたま出会った子猫をその場限り可愛がっていたのだ」と主張し辛(づら)くなってしまった。

「おまえすごいよな、去勢手術の費用を持つから猫を追い出さないで欲しいとかオーナーに頼んだんだろ。店員から聞いたけど」

「……」

その場限りだと誤魔化さなくてよかった。ますます恥ずかしい思いをするところだった。

「……い、いや、結果的に、地域のボランティアがそういうのをやってるから、全額じゃなくてちょっとカンパするだけってことになったんだけど……」

しかし恥ずかしくて仕方がなかったので、言わなくてもいいような説明を、しどろもどろにしてしまう。

「っていうか、見かけたんなら声かけろよ」

「俺が近づいたら猫が逃げる。というか、逃げた」

そういえば、何度か子猫たちが急に逃げ出したことがあったなと、垣内は思い出した。

あの時、垣内は気づかなかったけれど、二本木が近くにいたのかもしれない。

「逃げたあとに声かけりゃよかっただろ」

とは言うものの、子猫と戯(たわむ)れていたところを目撃された二本木に話しかけられたら、今以上に恥ずかしかっただろうから、声をかけないでくれてよかったと内心思いながら垣内は言った。

「猫がいないなら用はない」

「ああ、そう……」

「――と、思ってた、最近おまえと結構話すようになってから、別に声かけてもいいのかもとは考え直してる」

「うん？……気を遣って声かけなかったってことか、もしかして？」

「大体の奴は俺に声かけられたくねえだろ」

「いや、そんなことは……」

ない、とは垣内は言い切れなかった。最初に二本木から夕食を誘われた時、面倒だけど断る理由もないから仕方ないか、くらいの認識だったことを思い出したのだ。

そう思った垣内の内心に気づいたらしく、二本木がにやっと、どこか人の悪そうな笑みを浮かべた。

「垣内は、俺が厄介だなって思っても、俺が大人しくしてる限りは嫌な顔できないからな」

見透かされていたようだ。二本木は、そういうことを気にしないと思っていたから、垣内には意外だった。

「最近は嫌な顔する必要はないと思ってる。二本木は厄介だけど」

取り繕ってても仕方がないようなので、垣内は正直なところを相手に告げた。気を悪くするだろうかと思ったが、二本木は軽く声を上げて笑っている。

楽しそうなその表情に、垣内は何となく目を奪われた。

「垣内には、きっと猫だけじゃなくて小さい生き物は何でも懐くんだろうな」

「え、まあ、露骨に嫌われたことはないけど。二本木よりは好かれるだろうな」

「どうやったらそうなるんだ？」

ふと笑みを消して、二本木は真面目な顔で垣内を見返してきた。

「どうやったら？」

「義姉さんの猫に、何としても触りたい。抱き締めたい」

二本木がぐっと身を乗り出してきた分、垣内は腰が引けてしまった。

あまりに間近で、真剣な風情で詰め寄られて、変にどぎまぎしてしまう。

（な、なるほど、女子は、これで陥落か）

「やり方を教えろ」

「いや、二本木には、無理じゃないのか……？」

もし二本木がこの調子で猫にも詰め寄っているというのなら、そりゃあ逃げるだろ、と垣内は思う。

「垣内は猫の方から寄ってくるだろ。ケチケチすんな」

「ケチケチって、別に勿体ぶってるわけじゃないって」

「よし、今から、行くぞ」

「え、どこに」

「猫のところに決まってるだろ」

勝手にそう決めると、二本木は弁当を掻き込み出した。垣内が呆気に取られていると、「おまえもさっさと食えよ」などとせっついてくる。仕方なく、垣内も急いで弁当を平らげ、二本木に引っ張られるように、子猫の居着いているコンビニまで向かった。

「俺はここで待ってる」

「えー……」

力尽くで連れてこられてしまったが、垣内は気が進まなかった。

猫を構っている時の自分がベタ甘だということは自覚している。大学進学を機に一人暮らしを始めるまで、母親にしか懐かなかった半野良以外にも実家で何匹か猫を飼っていた。猫たちは両親より妹より垣内に懐いていて、それを抱き上げたり撫でたりする時の様子が気持ち悪いと、特に妹には悪し様に言われた。

「早くしろ」

何とかしてこの場を逃れようと思案する垣内に、少し離れたところで様子を見ている二本木が声をかける。

と、ガサリと音が聞こえた。コンビニの裏手にある、雑草だらけの空き地。背の高い草に埋もれて、毛玉のようなものがいくつか蠢いている。

毛玉はがさがさと草を掻き分け、路地に転がり出てきた。しきりにか細く甘えた声を上げながら、垣内の足許へと駆け寄ってきた。

（あああああ）

細身の子猫が三匹。皆、垣内の革靴に頭を擦りつけたり、ズボンに前肢をついて背伸びして、垣内を見上げながら鳴き声を高くしたりしている。

もう我慢できなかった。垣内はポケットからサッと子猫用小魚の袋を取り出し、封を切る。猫の声が賑やかになった。しゃがみ込み、小魚を載せた手を猫の方に向けると、三匹争うようにその手に飛びついてくる。

「ちゃんと嚙んでるか？　丸呑みするなよ」

必死になって小魚に食いつく子猫の様子は壮絶に愛らしく、垣内は顔を綻ばせてそれを見守った。

しばらくそうしているうち、急にはっとして、背後を振り返る。二本木がいることをあっという間に忘れてしまっていた。

見遣れば、二本木は携帯電話を構えて、垣内の、というよりおそらく猫の様子を写真に納めているようだ。写真ではなく動画かもしれない。

「いや、勝手に撮るなよ」

どのみち猫が垣内にひっついている限り、垣内も写真なり動画なりに映っていることは間違いない。猫にデレデレしている様子など残されたくなくて慌てて言うと、二本木は案外素直に携帯電話を下ろしてくれたが、そのまま、こちらに近づこうとした。

「俺にも触らせろ」

二本木は二本木で我慢ができなくなったらしい。

だが二本木がほんの二、三歩近づいただけで、猫たちが揃って警戒するようにピンと耳を立て、背中の毛を逆立てて、フーッと威嚇音を立てたと思ったら、ぱっと身を翻し空き地の草の中に逃げ出してしまった。

二本木は、まだ猫たちから十メートルは離れた場所にいるというのに、だ。

(どんだけ嫌われてんだ)

垣内は呆れた。触ろうともしていないのに猫が逃げ出すとまでは想定していなかった。

「な?」

二本木が、不機嫌な顔になって言う。

「ここまで嫌われてるんだよ、俺は」

仏頂面の二本木が、その頬に貼られた大きな絆創膏が、垣内にはとても気の毒になってきた。あんなに可愛い子猫たちを触るどころか、間近で見ることもできないなんて。あの三匹は、もう地域猫として浸透してきているのか、人間をさほど怖れていないはずなのに。

「義姉さんとこのもそうだ。人の顔見るなり威嚇するようになりやがって……」

「うーん、人の家の猫とか、野良が無理なら、猫カフェとかで練習してみたらどうだ？」

思いついて、垣内はそう提案してみた。垣内もたまに行く店は、人懐っこいハチワレから、何をされても我関せずの三毛から、いろんなタイプが揃っている。どれかは二本木でも受け入れてくれるかもしれない。

「もう試した」

だが二本木はさらなる仏頂面になってしまった。

「で、全部逃げられた。俺にだけ一匹も寄ってこなくて、店の人に謝られる始末だ」

「そ……そうか」

すでに試し、そして玉砕(ぎょくさい)したあとだったらしい。

しかし二本木が猫カフェか……と想像したら、垣内にはちょっとおかしくなってしまった。滑稽(こっけい)というよりは微笑ましい。きっと今みたいに眉間に皺(しわ)を寄せて相手を睨みつけ、そして猫が逃げ出したのだろう。

おかしいが、やはり気の毒ではある。

「なら……うちに来るか？　うちも猫飼ってるんだけど」

そして気づいた時には、そんなことを口走っていた。

言ってから「しまった」と思う。男の一人暮らしで猫を飼っているのは、何かと変な目で見られやすいのを身を以て知っている。まあ二本木はそもそも猫が触りたくて仕方がないというのだから構わないだろうが、しかし、いきなり家に誘うほどまでには気安い関係になっていない気がする。

垣内としては、最近あちこち一緒に出掛けているし、今もこうしているし、部屋に呼ぶくらいまあいいかなと思っているのだが、突然そんなことを言われた二本木が「は？　何で俺がおまえの家にいかないとならないんだ？」くらいのことを例の怪訝そうな顔で言う様子を予測してしまって、悔やんだ。

「行く」

が、垣内の後悔などまったく杞憂であったらしく、二本木は前のめりな様子で、力強く頷いた。

「飼ってるなら早く言えよ、まあ義姉さんの猫よりは可愛くないだろうけど」

「そりゃあれが二本木にとって可愛いの最高水準だとしたら、うちのドナは可愛くはないだろうけど、そういうこと言うと触らせないぞ」

「触らせてくれ。頼む」

二本木が頭を下げたりまでするもので、垣内は大変気分がよかった。

すっかり乗り気な二本木は、早速今日にでも家に寄らせろと言い、お互い残業はありそうだがそう遅くはならないだろうからと、本当に今日、垣内は二本木を部屋に招くことになった。

◇◇◇

「ちょっとだけ待ってくれ、十分でいいから待ってくれ」

「何で」

「散らかってるんだ、サッと片すから、待っててくれ」

玄関先で、押し問答になった。

ここに来るまでも、垣内は何とか二本木をどこかで足止めしようと苦心していたのだが、とにかく猫に会うのを楽しみにしている相手は急いていて、うまくいかない。

「多少散らかってたって気にならないって」

「多少じゃないんだ、すごく、散らかってるんだ」

「すごく散らかってたら十分じゃ片づかないだろ。通り道さえあればいいし、なけりゃ作るから、入れろ」

あきらかに理不尽なことでなければ、押されると流されるのは自分の悪い癖だという自覚が垣内にもある。そもそも家に来るかと訊ねたのは自分の方で、まさか今日すぐにというのは意外だったとはいえ、あまりに楽しみにしている相手に「また後日」とも言えずにここまで来てしまったのは自業自得だ。

腹を決めて、垣内は部屋の鍵を開け、二本木を中に招いた。

「何だ。全然綺麗にしてるんじゃん」

さほど家事が苦にならない方だし要領もいいので、二本木の言うとおり、垣内の部屋は綺麗だ。

だが問題は、あちこちにそっと散らばる可愛いもの、特に、猫モチーフのグッズだった。玄関入ってすぐの靴箱の上には、猫の形の小皿が鍵置きとして置いてある。スリッパだのカーテンだのは無難なモノトーンだが、本当にちょっとしたもの、粘着テープ式のカーペットクリーナーのケースやマグカップ、薬缶やミニクッションに猫の形や柄が紛れ込み、テーブルやテレビ台の片隅に雑貨屋でみつけたり通りすがりに引いたカプセルトイの猫マスコットが置かれ、妹からは「マジでちょっと気持ち悪いんだけど大丈夫？」と言われているコーナー棚には、猫柄の写真立てに収めたドナや実家の歴代猫の写真がこれでもかと飾ってある。

会社員として働く成人男性の部屋にしては、ところどころ可愛すぎると垣内にも自覚がある。これでワンコーナーだけとかだったら、たとえば彼女が置いていったんだだのと言い訳もできただろうが。

「ふーん。すっげぇ、乙女だな」

そして二本木は空気を読んで流してくれるような性格でもなく、猫アイテムに目を留めて、ズバッと感想を述べた。

とはいえからかうような調子でもなく、本当にただ目に入ったから言ったという風情で、垣内は覚悟していたほど気持ちを抉られず、ほっとした。

「っていうか、猫は？」

垣内の猫アイテムなどより、本物の猫に気を取られているせいもあるだろう。

いつもならば帰宅した途端垣内の足許に擦り寄ってくるはずのドナが、今は姿を隠している。

「連れてくるから、待っててくれ。そこのソファにでも座って、待ってろよ、すぐ戻るから」

そう言い置いて、垣内は素早く奥の部屋、寝室へ入ってドアを閉めた。

ここだけは、いくら何でも二本木に見せるわけにいかない。家族にすら入らないでくれと言ってある。カーテンやベッドカバーこそ他の部屋と同じくモノトーンで飾り気はないが、あちこちに、猫のぬいぐるみが置かれている。中には可愛らしい柄の服を着たタイプや、ひらひらのリボンを巻いたタイプもある。好きな柄はギンガムチェック、ランパブで馴染みの女の子がいつもつけてくれるような赤いやつだ。垣内にとって、猫のぬいぐるみも、可愛いランジェリーを身につけた女の子も、似たようなものだった。

「ドナ。ドーナ」

小さな声で呼びかける。多分、垣内以外の人が来たから警戒しているのだろう。そういう時、ドナはいつも寝室、ベッドの下に身を隠す。

「ドナ」

床に這い、飼い猫の姿を捜す。奥の方でそれらしき影をみつけたが、ドナは垣内を見ても鳴き声すら上げず、じっと身を潜めていた。

「ドナ、おいで」

根気よく呼びかけると、ようやく、ドナが身動ぐ気配がした。いつもより少しか細い声で鳴き声を上げて、そろそろと、垣内が伸ばした手の方に近づこうとしている。

「――おい、まだか?」

が、出し抜けにドアが開き、二本木が声を掛けた瞬間、ドナは再び奥へと逃げ込んでしまった。

「ちょ……っ、待ってろって、言っただろ!」

「何だ。すげえな、この部屋」

二本木は容赦がない。そこここに置かれた猫のぬいぐるみに目をやって、感心したように呟いている。見て見ぬ振りなど、この男にできる芸当ではないらしい。

「それより猫は」

しかし、やはり本物の猫以外にはまったく興味がないようなのが、救いといえば救いだ。

「おーい、猫！」

「お……っ、おまえが来たから、怖がって、隠れてる！　うるさい！」

垣内は二本木の体を押して、部屋の外に追い出した。

「二本木は動きが大きいんだ。一歩一歩、もっと音を立てないように、あんまり動かないように、そっと歩け。何ならじっとして動くな。声も出すな。猫は低い声が苦手だから、やたらと呼びかけない方がいい」

「ふーん……だからおまえ、あんな甘ったるい声で猫を呼んだのか」

甘ったるい、などと言われて垣内は恥ずかしかった。小さな子供に向けるような、優しい声になってしまうのは、仕方がないじゃないか。

「そうだよ。おまえだって、ああいうふうに喋らないと駄目なんだからな」

「そうか。わかった」

二本木は素直に頷いて、垣内に押し遣られるまま、ソファに腰を下ろした。

「知らんぷりしてれば、腹も減ってるだろうし、そのうち姿見せるから。ドナを見ても、ワッと近づいたりするなよ。目も合わせるな。じっとして、自分の方に近づくのを待て。匂いを嗅いだりして、おまえが怖いものじゃないか、確かめるから」

垣内が言うと、二本木はまた素直に頷いて、ソファに座ったままじっとしている。

垣内はキッチンに向かい、お茶を入れるため猫型の薬缶でお湯を沸かし、その間にドナの餌皿にドライフードや水を足した。

「……おまえはがさがさ動いて、いいのか」

垣内がお茶を淹れてソファの方に戻ると、二本木が精一杯ひそめた、囁くような声で訊ねてくる。

「俺は飼い主だし、慣れてるから、大丈夫だ」

「狡(ずる)いぞ」

「狡いったって、猫は飼い主が一番だから、仕方ないだろ」

二本木の子供のような言いように垣内は呆れた。呆れつつ、猫、猫と、ドナが来るのを心待ちにしてそわそわしている様子が、何だか可愛いなと、内心微笑ましくもあった。

アドバイスどおり、極力静かにしようと決めたらしく、二本木はお茶を飲む以外身動ぎすらしないよう努力している。

垣内は床に敷いたラグに座り、自分もお茶を飲みながら、そんな二本木の姿を観察する。

ふと、二本木が、自分の手にある紅茶を入れたマグカップへと視線を向けた。

「猫」

トントンとマグカップをさして言われ、垣内は赤らむのを必死に堪えた。カップには猫のシルエットが印刷されている。家にあるうち、一番無難なものがそれだった。

「たまに遊びに来る、妹のやつだ」

「それは?」

二本木が小さな動きで垣内の持つカップをさした。こちらは猫が伸びをした形が把手(とって)になっている。

「……俺のだ」

嘘をつく理由もないので、渋々垣内が答えると、二本木がニヤッと笑ったので少しムッとする。相変わらずからかう調子には見えなかったが、「可愛い趣味だな」とでも言わんばかりの目で見られ、落ち着かない。多分ついさっき垣内が二本木に対して「可愛いな」と思ったのと同じような気分なんだろうと察してしまった。

あまり喋らなくてすむ展開なのが幸いだった。垣内は自分も妙にソワソワしてきて、なるべく二本木の方を見ないようにしながら紅茶を飲む。二本木も根気よくじっとドナを待っている。しばらく経つと、危険はないと理解したのか、寝室のドアの隙間からそろそろとドナが鼻先を見せた。

二本木はそちらを見ないように頑張っている。

「ドナ」

先刻甘ったるいなどと評されたので少し抵抗を感じつつ、垣内は優しい声でドナを呼んだ。ドナは、まだ怖がっているような、小さな声で鳴いている。

「おいで。こっち」

とんとんと、胡座（あぐら）をかいた膝を叩けば、いつもならドナが飛んでくる。だが今は、ソファの方、二本木のいる辺りを遠巻きにして、うろうろと歩き回るだけだった。

少し離れたところから、にゃあ、と掠（かす）れた声で鳴くドナを見て、二本木の方は我慢できなくなったらしい。

「か……っ、わいいな、おまえんちの猫」

本人なりに声を潜めて言ったのだろうが、低く、感動に打ち震えるような調子に、ドナはびくりと身を引き、あっという間に寝室に逃げ去ってしまった。

「ああー……」

二本木が「やってしまった」というふうに頭を抱えている。

二本木のこんな態度を見るのも初めてで、垣内は新鮮な心地になった。

「だから、動くな、喋るなって言っただろ」

「次は頑張る」

もう一度やり直しだ。二本木はソファの上でなぜか背筋を伸ばし膝を揃え、まるで会社面接のようにきちんとした座り方で固まっている。口は真一文字に引き結ばれていた。

(必死だなあ)

写真にでも撮ってやりたい衝動に駆られるが、本人はいたって真面目なようなので、垣内はどうにか堪える。

またしばらく経って、ドナが寝室から姿を見せた。

今度は二本木も動かず喋らず、大人しくしていたのに、ドナはやはり警戒するようにソファの方へは決して近づかず、餌の方に向かおうとしたのに結局それには口を付けずに、すぐ寝室へ引っ込んでしまった。

「何でだよ」

二本木がまた頭を抱えた。

「動かなかったし、声も出さなかっただろ。何でだ」

「うーん……おまえ、存在自体が威圧的なんだろうな……」

気の毒に思いつつも、垣内は答えた。

「何だ、存在自体がって」

「いるだけで怖いんだよ」

「どうすりゃいいんだよ」

「そうだなあ、おまえもドナも、お互い慣れるしかないのかな」

「垣内はどうやって慣らしたんだ」

「俺は、最初から怯(おび)えられてなかったから。そんなに人見知りする猫でもないし」

「滅茶苦茶人見知りだろ、あれ」

「……気の毒だけど、ドナじゃなくておまえの問題だと思うぞ」

二本木は仏頂面(ぶっちょうづら)になってしまった。

「ひと撫でするまでは、帰らないからな」

そんな決意をしている。

「いや、それじゃ、泊まる羽目になるんじゃ……」

「泊めろ。それで懐(なつ)くっていうなら泊まる」

「いやいや……」

「そうだ、おまえと親しいってアピールしたら、安心するんじゃないか」

「えっ」

言うが早いか、二本木は手を伸ばすと垣内の腕を掴み、強引に引っ張ろうとしてくる。垣内は手にしていたマグカップを慌てて床に置いて、されるまま、ソファに座った。

「要するに、危害を加えないってわからせればいいんだろ」

などと言いながら、二本木が肩に腕を回してくるので、垣内は狼狽(ろうばい)した。

「ど、どうかな、このやり方は」

「試してみればいい」

「でも変だろこれ」

これじゃまるで恋人同士、いや、キャバクラに来た客が嬢を無理矢理抱き寄せるような風情だ。垣内は慌てて腕で相手を突っぱね、逃げようとしたが、力尽くで押さえ込まれた。

「動くなよ。大人しくしてなきゃ駄目なんだろ」

「いや、俺は別に動いてたってドナは逃げないし」

「うるさい、協力しろ」

二本木は譲らない。垣内は仕方なく、逃げようとするのをやめた。二本木はますます力を籠めて抱き寄せてきて、垣内はまるで相手の肩に凭れるような格好になってしまった。

(な、何だ……何か、恥ずかしいぞ)

ちょっと前まで、苦手だったし嫌いだった相手に、こんなふうに肩を抱かれている。おかしな状態だ。

パブの女の子に「触ってもいいのにー」などと言いながら凭れ掛かられたことはあるが、その感触とはまるで違う。女の子は柔らかくいい匂いがしたが、二本木はごついし硬い。可愛くもない。

——なのに何か、妙な心地よさを感じて、垣内は一人で狼狽した。動くなと言われなくても身動きが取れず、そのまま固まっていた。

しばらく待ったが、しかし、寝室の方からは物音ひとつしない。

「……来ないな」

「……さすがに、警戒してるんじゃないか。もう二本木の気配がある限り、こっちには来ないかも」

「何だと」

二本木は、垣内の言葉にきつく眉を顰めたかと思うと、何を思ったのか垣内の肩に回していた手を動かし、今度はスーツの襟首(えりくび)を摑んできた。

「どうした！」

「脱げ」

驚いて声を上げる垣内から、二本木は無理矢理上着を脱がそうとしている。

「な、何でだよ、嫌だよ、止(や)めろ」

「いいから脱げ」

「だから何で！」

上着を脱がそうとする二本木と逃げようとする垣内で押し合いになるが、二本木の方が力が強く、垣内はソファの上に突き倒された挙句(あげく)、結局上着を脱がされてしまった。

呆然とする垣内が見上げる先で、二本木は自分の上着を脱ぎ、シャツ姿の垣内の上に放り投げた。自分は垣内の上着を身につけている。

「何なんだ……」

「おまえの匂いのするものを着ておけば、騙(だま)されて猫が来るかもと思って」

「……」

垣内はソファの上に突っ伏した。

「先に言え……別に今着てるものじゃなくても、そんなの、適当な部屋着でも渡したのに……」

「今着てるものが一番おまえの匂いがついてるだろ、普通に考えて」

「普通に考えたら同僚の服を無理矢理剝いだりしないいんだよ！」

突っ伏したまま叫びながら、垣内はやたらばくばくと鳴る心臓を持て余していた。

（び、び、び、びっくりした……！）

いきなり押し倒されて、服を脱がされて、何が何だかわからず、動転した。

二本木が真顔だったのも恐ろしく、逃げたいと思ったのは本気だったのに、一方的にやりたい放題されて腹も立つのに、脈拍が上がったのは怯えや怒りのせいだけではない気がする。

（……ときめいた？）

そんな馬鹿な、と垣内はさらに動揺する。

どこの世界に、同僚の男に押し倒されて服を奪われて、ときめく男がいるというのか。

（こんな……こんな、可愛げの欠片もない男に……）

だが垣内の胸は高鳴っている。

しかしこれがどういう類の高鳴りか、把握しきれない。ドナの可愛さにやられている時とも、町中で猫のぬいぐるみに出会って『絶対に家に連れて帰らなければならない……』と決意する時とも、ランパブで可愛い下着を眺めている時とも違う。

学生時代から今まで、垣内に彼女がいたことはある。特に中高時代は割合取っ替え引っ替え

だったかもしれない。何しろ女子学生は普段着が可愛らしく、下着も垣内好みのものをつけていた。垣内の可愛いもの好きは子供の頃からだ。せっかく可愛い服や下着を脱がせてしまうと盛り下がるので、つけたままのセックスを好んで、それで引かれて別れを告げられたことも複数回ある。服が汚れるのが嫌だという理由の時もあった。

大学生にもなれば服装は大人び、可愛らしい柄と形の下着より、レースのセクシーランジェリーを『いざ』という時に選ぶ相手が増え、まあ垣内だって若い男なのだから下着というオプションがなくとも行為に及ぶことはできた。こういう服や下着の方が好きだな、と言えば、垣内好みのものをつけてくれる子もいた。

だが社会人になると、さすがにギンガムチェックの下着をつける女性もいなくなる。ひらひらふわふわのブラウスやスカートなんて、『ダサい』と一笑に付すようになる。

だからここ数年、垣内は恋人がいない。

薄々自覚していたが、そもそも『この子が好みだな』と思う時、ほとんど、毎回、服や下着のセンスだけで選んでいる。だから実際のところ自分は恋愛に向いていないのだろうと思っていた。人間に恋をしたことがない。

恋だの、人間にときめくってどんな感じなんだろう。垣内はときおりそのことについて考えた。でも結局わからなかった。わからなくても別にいい。今どき独身を貫く男は少なくないし、親は結婚結婚うるさいタイプじゃないし、ドナや可愛いものに囲まれて暮らせればそれでいいじゃないかと、前回ランパブに行った時まったく楽しくなかった時点で諦めていた。

――が。なのに。

(これが、恋愛のときめきだったら、どうしよう)

それを考えると垣内は絶望的な気分になり、ソファに突っ伏したまま動けなくなった。

そんな垣内を、二本木が掌(てのひら)で軽く叩く。

「おい、いつまで転がってんだ。座りづらいだろ」

「尻を叩くな! デリカシーのない奴だな!」

八つ当たり気味に激昂(げっこう)して体を起こした垣内を、二本木が少し面喰らったような顔で見ている。垣内は慌てた。

「いや、悪い……じゃない、俺は悪くない、無理矢理服なんか脱がされて、ショックだったんだよ!」

「声でかいって。――まあ俺も、何かちょっと興奮したわ。無理矢理レイプでもするような感じというか」

さらりと答えた二本木に、今度は垣内の方がぎょっとした。

「な、何てこと言うんだ」

「しかしおまえ、体臭ないな。だから猫が寄ってくるのか……?」

責めるような垣内の言葉を二本木は聞き流し、自分が身につけた垣内のスーツの襟を摑み、前を開くと、その内側に鼻面を近づけて匂いを嗅いでいる。

「やめろよ、嗅ぐなよ」

体臭など確認されて、垣内は平静ではいられない。

「俺が臭くて嫌われてるのか……？」

二本木は相変わらず垣内の抗議など気にせず、今度は身を乗り出して、垣内の腹の辺りで蟠っている自分の上着に顔を近づけた。

自分の体に顔を伏せられ、垣内はこれ以上ないというほどうろたえる。

「うーん、自分の匂いなんか、自分じゃわかんねえな。臭いか？」

二本木は体を起こし、また身動きできなくなっている垣内に訊ねてきた。

あまりに真剣に訊ねられ、垣内は怒ることも笑うことも無視することもできず、困惑したまま、二本木の方に身を寄せた。首筋の辺りの匂いを嗅いでみる。

「いや……まあ、男だなって感じの匂いはするけど……」

朝つけてもう消えかけている整髪料と、一日を過ごす間に滲んだ微量の汗の匂い。それから多分、服とか、あるいは二本木の家とか、本人特有の匂い。

「……」

花だのフレグランスだののようにいい香りでは決してなかったのに、垣内は二本木の匂いを嗅ぐと、頭の芯がぼうっとするような快さを感じた。一度だけでは何だか足りず、もう一度、今度はもっと深く吸い込んでみる。

二本木の体が小さく揺れた。

「息が掛かってくすぐったいんだけど」

声が笑っている。この声音が妙におかしくて、垣内も笑ってしまいながら身を離した。俺は何やってんだ、と思うとおかしい。笑ってなければ真顔になってしまいそうだった。

「変な匂いはしないと思う。でも、ドナにとっては慣れない匂いだからなあ」

「垣内の匂いを俺に移せばいいのか」

言いながら、二本木が垣内の方に再び身を寄せてくる。

抱き締められる予感がして、垣内は大慌てで相手の体を押し返した。

「うっ、うちのドナじゃなくて兄嫁さんの猫が本命なんだろ！　俺じゃなくて兄嫁さんの匂いを付ければいいじゃないか」

「馬鹿か、兄嫁ってくらいなんだから既婚者だぞ。人妻にそんなことしたら、倫理的にどうかって話になるじゃないか」

二本木は正論ばかりを言う男だと思っていたが、この言い分は、単なる屁理屈にしか聞こえなかった。

（俺相手だって、倫理的にどうなんだよ）

そう言いたかったのに、自意識過剰なんじゃないかということが気になって、垣内には言えなかった。

「匂い、は、まあ関係なくはないのかもしれないけど、そこじゃなくて、やっぱり二本木は、威圧的なんだよ」

代わりにそう言うが、どうしてかしどろもどろになってしまった。

「初めて会うのに、ドナから俺並のもてなしを受けようなんて、図々しい話でもあるし」

「そりゃそうなんだろうけど」

二本木がようやく身を引いてくれて、ほっとすると同時に、垣内は物足りなさを感じた。

ほっとするだけでいいじゃないかと、未練を感じたことは、無視することにした。

「マジで垣内の家に泊まろうかな、一日一緒に過ごせば、猫……ドナ？　だって慣れんだろ」

「い、いや、それは、ちょっと」

「何だよ」

「う……知らない人が来て、ドナはすごい緊張してると思う。一晩中それじゃ、可哀想だろ。疲れるだろうし」

「……そうか」

残念そうにしながらも、二本木は引き下がってくれた。

ドナも勿論そうだろうが、もしかしたら緊張して、疲れそうなのは、垣内も同じだったかもしれない。

それでもすぐには諦め切れないようで、二本木はさらに一時間ほど垣内の家に居座ったが、ドナの出てくる気配がなかったので、また残念そうに立ち上がった。上着を返してくれる。

「今日のところは、これで帰る。しつこくして嫌われたくないし」

垣内はまたほっとしたり、『嫌われたくない』などという言葉が二本木の口から出てきたことに感動したり、だ。

「また来る」

最後にそう言って、二本木は垣内の部屋を出ていった。

相手を見送り、玄関を施錠してからリビングに戻ると、ソファの上にちょこんとドナが座っていた。

ドナは垣内を見上げて、「よくも変な男を連れて来たな」と言わんばかりの様子で、抗議の鳴き声を上げている。

「ごめん、ドナ」

垣内が抱き上げると、猫はごろごろと喉を鳴らしていた。

それが可愛らしくて、毛並みに顔を埋める。少し苦しそうな鳴き声になったが、ドナは逃げようとはせず、垣内の方に鼻面を擦りつけてくる。

「……あいつ、何なんだと思う……？」

ドナが答えてくれるはずがないことなどわかっていたが、訊ねてしまう。どうにもこうにも落ち着かなかった。

　元々好き放題やる奴だとは思っていたが、この部屋での振る舞いは、仕事の時とはまた違う意味で垣内のことを困らせた。

「っていうか、俺が何なんだって話なのか……？」

　しかしその振る舞いにいちいち動揺する自分も、変だと思う。

（また来る、って）

　その言葉にも困惑しつつ、どこか嬉しいと思っていることも。

「絶対変だってこんなの。なあ？」

　返事をくれるわけもないドナに向かって、垣内はしばらくぐずぐずとそんなことを呟き続けた。

4

二本木は本当にまた垣内の部屋に、しかもたびたび、やってきた。

一緒に仕事を上がれるタイミングがあった日には、必ずと言っていいほどだ。夕食を食べるために寄り道する時間が勿体ないとか言って、会社からまっすぐ垣内の部屋に向かうようになった。

その都度、どこかで仕入れてきたドナへの手土産を持参する。ウサギ毛の猫じゃらしとか、高級な猫缶とか、猫が必ず入るマカロン型クッションとか。

しかし二本木の努力は報われなかった。彼が来るたびにドナは寝室に籠もってしまい、二本木がいくら頑張ってじっとしていようと、口を開かずにいようと、絶対に姿を見せなかったのだ。

「今日も、物音すらしねぇな……」

二本木はがっくりとテーブルに突っ伏している。本気で落ち込んでいるらしい。無理もないだろうか。二本木がここに来るのはもう六度目で、最初の日以来、彼は一度たりともドナの尻尾の先すら見ることが叶っていないのだ。

「でも二本木が持ってきてくれた猫じゃらしでは遊んだし、猫缶も食べたぞ」

「……狡い……」

慰めるつもりで垣内が言ったら、二本木に非難されてしまった。垣内を睨む二本木の頬からはもう絆創膏が取れているが、うっすらとひっかき傷が残っている。手も、包帯は外しているが、傷口は消えていない。それでも猫に触りたがるんだから、よほど好きなんだろうなと垣内は思う。相当痛かっただろうに。

「うーん、まあ、そろそろ慣れたってよさそうなものだとは思うけどな――二本木、ちょっと、退いてくれ。邪魔」

垣内はさっきから夕食の支度をしていた。

最初の頃は、帰りしなに総菜店やコンビニで弁当を買っていたのだが、あまり続いても体に悪そうだしと、ここのところは垣内の手料理を二本木に振る舞っていた。

垣内はてきぱきと支度を調える。最初二本木も手伝うと申し出てくれたのだが、大変に大雑把なやり方で、白飯を零すし皿を汚すし、運んだ料理をテーブルの上でひっくり返しそうになるしで役に立たない。なので、むしろ手伝わずに座っていろと命じたら、大人しく頷いて、「猫が懐かない」と一人でぶつぶつ文句を言っている。

（島中さんに『息だけしてろ』って言ったのは、こいつも言われたことがあるからか？）

垣内はそう疑った。プログラミングの技術も営業の手腕も同期の中で抽んでている二本木なのに、こと家事になるとさっぱり役に立たない。おまけに猫にも好かれない。もしかしたらだが、仕事のできない島中に何もするなと言ったのは、多少の親切心もあったのだろうか。

（……いや、違うか、単に、本当に目障りだっただけだよな）

最近どうも、垣内は二本木をいいように見ようとしてしまう。そんな優しい性格ではないことは、親しくなったって――親しくなるほど、わかっているのに。

今日も二本木は村西と揉めた。チームで開発しているソフトウェアで、村西が処理方法について提案したが、効率が悪い、無駄、やる意義が感じられないと一刀両断にして、その言い方が気に食わないと、摑み合い寸前までいったのだ。相手の胸ぐらを摑もうとしたのは村西の方で、二本木はそれを押し退けただけだが、垣内を含め周りの社員が止めなければひどいことになっていたかもしれない。

ミーティングルームから二本木を引っ張り出し、垣内はまた説教をした。言い方ってものがあるだろう、相手は先輩なんだぞ。せめて説明くらい聞け。

『村西さんの提案と同じことは、もうとっくに考えたし無駄だって結論になった。説明聞いたって答えは変わらない』

二本木は折れる気など一切なかった。

ただでさえ、先輩の村西を差し置いて二本木がチームリーダーになっているので、そのワンマンぶりに不満を溜めている者も多い。村西が爆発しなければ、他の社員も一言言ってやりたいような顔をしていた。

村西からは、あとで「おまえの友達、ちゃんと躾けてやれよ」などと当て擦りを言われて、垣内は胃が痛い。やはり村西は、垣内が二本木と親しくなっていく様子が面白くないらしい。二本木は村西に摑みかかられ、垣内に小言を言われたあとも、オフィス内で平然と「今日もおまえんち行くから、飯食わしてくれ」などと言い放つのだ。ついでにいえば、島中や町田たち女子社員の目も垣内には痛かった。

「やっぱおまえの飯、うまいな」

そんな垣内の内心などお構いなく、垣内の部屋で、垣内の手料理を、二本木は満足そうな顔で口に運んでいる。

一度手料理を振る舞ってみたら、二本木は次も食わせろと遠慮なく頼んできた。

「うちの飯と何か違う。味が柔らかいっつーか。この煮物とかも」

実家住まいの二本木の母親はフルタイム勤務で忙しく、ほとんど総菜か、化学調味料と電子レンジを駆使した時短料理ばかりらしい。

「俺は薄味好きだから。でもゆうべ煮込んで一晩置いたから、ちゃんと味が染みてるだろ」

垣内は料理が好きだが、会社勤めの一人暮らしであまり凝った料理を毎日することもできず、休日に時間の掛かる料理を作ったり、日持ちする総菜を作り置きしたりしている。

二本木が部屋に寄り、料理を食べるようになってからは、人さまに振る舞うのだからと、なるべく丁寧に作るようにしていた。

（相手が客だから、だ。別に、二本木だからじゃない。……よな？）

昨日、夜中まで筑前煮だのを煮込みつつ、『明日も会社なのにどうしてこんなうきうきと料理をしているのか……？』と怪訝というか不安になった。

でもまあ、今二本木が喜んで食べてくれているし、作ってよかったと思う。

「料理だけじゃなくて、垣内はいろいろマメだよな」

そう言う二本木は、座り心地のいいクッションを尻に敷き、上着を脱ぎ、靴下を脱いで緩めのルームシューズに履き替え、完全に寛ぎ切っている。全部垣内がそうするよう勧めたものだ。

「仕事でもだけど、細かいところに気がつくし。大体おまえみたいだったらやりやすいんだけどな、会社も」

「……。町田さんだってよく気がつくだろ。女子社員の中ではダントツだと思うけど」

「頼んだことはこなしてくれるから文句はないけど。でもお茶出すタイミングとか、それに甘い菓子つけてくるとか、微妙にこう……ズレてんだよ、好みと」

「贅沢な奴だな」

町田は町田なりに、精一杯二本木に尽くしていると、垣内が傍目で見ていてもわかる。島中への対抗心もあっただろう。町田が完璧に補佐役をこなすので、ここのところはさすがに島中も大人しい。多分だが、町田の方が画策して、二本木に余計な手出しができないよう、それに島中を育てるため、彼女にもできそうな仕事を割り振っているのだ。

そこまでやってくれる町田に不満のようなものを漏らすとは、言ったとおり贅沢だと垣内は思う。

「俺が贅沢なんじゃなくて、垣内が贅沢なんだよ」

「俺が？　俺は自分の補佐にはちゃんと満足してるぞ」

「じゃなくて、おまえができすぎだって話。もてなしぶりが。ほら、言うだろ、リゾートの宣伝とかで『贅沢な旅行』とか『贅沢なホテル』とか。さしずめ『贅沢な垣内』か？」

「何でそこで人名が来るんだ、だったら普通に、『贅沢なもてなし』とか……じゃなくて、いや、別にそんな特別なことはしてないし……」

二本木から手放しに褒められて、垣内は照れ臭くて仕方がなかった。嬉しいのと、下心を見透かされたような気がするのと、両方で気恥ずかしい。

（って、下心って何だ、下心って）

客が他の人間でも、自分はこれくらいするだろう。ただし猫グッズの散見する家に気兼ねなく招くほど親しい友人はおらず、家族は好き勝手に寛ぎ出すし、実際どうなのかはやったことがないのでわからない。

「猫が一番目当てだけど、垣内の部屋と垣内が居心地いいから、ついここに足が向くんだよな」

味噌汁椀を手に取りつつ、二本木が言う。本当に手放しだ。

「二本木だったら、どこにいても、勝手に好き放題寛ぐだろ」

「まさか。寛ぎたいのに寛げない状況に対して文句言って、怒られたりするんだ」

「ああ……それはそれで目に浮かぶ……」

「相手も俺に文句言うし。態度でかいとか色々」

「……」

相手、というのは、これまで二本木がつきあってきた恋人のことだろうか。

その存在について考えると、垣内は、二本木のせいでギスギスする社内にいる時よりも胸が痛んだ。

「二本木の彼女は、大変そうだな」

「だろ。だから作らないようにしてる、別にいらないし」

今度は、胸の痛みが霧散した。

あまりに素直な自分の心に、垣内は自分で呆れる。

「家にいれば面倒ないからな」

「でも、おまえの家、話聞いてるとお母さんも家事得意ではないんだろ。お父さんもお兄さんたちも、忙しいみたいだし」

家族の話を、お互いたまにしている。垣内家は公務員の父と専業主婦の母と大学生の妹に今は猫二匹という平凡な家庭だが、二本木家は母親を含め全員が有名企業に勤め、それなりの地位に就いている多忙な人ばかりらしい。

「だから二日にいっぺん家事代行が来る。買い物はしてくれるけど料理まではしてくれないから、食事だけが不満っちゃ不満か。でも、垣内の飯食うまでは不満なかった。おまえ、俺にうまい手料理食わせた責任取れよな」

「責任と言われても……今食わせてやってる以外にどうすれば」

「そうそう。こうやってここに来れば食えるから、おまえは贅沢だって言ってんだ」

垣内は返答が思い浮かばず、煮物を咀嚼するためを装って黙った。我ながら本当に美味しい煮物だった。

「もうここに居着いちまおうかな」

食事をおかわりまでして平らげたあと、二本木はそんなことを言いながら床に大の字になった。垣内は、二本木が好きだというぬるめの緑茶を淹れて、テーブルに置いてやる。

「……ドナが怯えるから、無理だな」

「くそ、本当にいい加減、出てこないかな」

二本木は寝返りを打って腹ばいになり、寝室の方に目を向けた。ドナのために少しだけ開けたドアの向こうからは、相変わらず何の物音もしない。

「思う存分撫でたり抱き締めたりしたいのに、強情な……」

二本木は床に突っ伏し、ぶつぶつ言っていたかと思うと、そのうち静かになった。どうやら腹がくちくなり眠ってしまったらしい。

何て自由なのだろうかと呆れつつ、垣内はソファに畳んであったブランケットをその背中にかけてやる。

そのまま、二本木のそばに膝をついて座った。

「あんまり思わせぶりなこと言うなよな……」

いい加減、垣内は自分が本格的に二本木に『陥落』した自覚をはっきり持ち始めている。

恋人ができても相手本人に大した執着が持てないのも、下着姿の女の子を見ても下着が主体だと思ってしまうのも、単に恋愛感情が希薄なせいだと思っていた。

でもそうじゃなくて、どうやら、男の方が好きだったらしい。

——それとも、二本木のような性格の人間にこれまで巡り会ったことがなかったせいなのか。

(別に男友達に、こんな気持ち抱いたことないしなあ……)

下着姿の美人と、下着姿の二枚目なら、確実に前者を取る。

(……可愛い下着を着てない美人と、素っ裸の男ならどうだ……?)

ためしに想像した時、垣内の頭の中で裸になったのは最後に付き合った彼女だったが、男の方は、二本木だった。

「……っ」

垣内は咄嗟にその妄想を振り払うため、座ったまま、床に額を打ちつけた。

「ん……何だ、うるせ……」

その音と振動で、転た寝していた二本木が目を覚ましてしまったらしい。

「ああ、悪い……終電までまだあるし、起こしてやるから、眠いならしばらく寝てても」

「よしよし、おまえも、寝ろ……」

完全に覚醒したわけではなく、どうやら二本木は寝ぼけている。床に蹲るようにしている垣内の腕を掴んで、自分の被った毛布の中に引き込もうとしてくる。

「うわ、待て、テーブル危な……」

まだ夕飯の後片付けをしていないテーブルが、ひっくり返りそうになってしまった。二本木が、眠たそうな顔でテーブルを向こうに押し遣り、改めて垣内の腕を引っ張り自分の隣に寝かせた。

「寝ろ、寝ろ……」

挙句、子供をあやすように頭を撫でられた。

(何なんだ……何なんだ本当に、こいつは……!?)

全部わかってやっているんじゃないだろうか。さっきの妄想を覗かれでもして、からかわれているんじゃないのだろうか。

垣内は二本木の行動についてぐるぐると考えつつ、『どうせこいつは自分がしたいようにしているだけだ』と結論づけた。

悩む間も、二本木の隣から逃げる気が起きない。

（……寝てるなら、いいか）

二本木は垣内の部屋が居心地がいいと言ったが、垣内にも、二本木の傍にいるのが心地いい。

心臓がうるさいのだけが困ったが。

（俺も、寝ちまお……）

つい寝入ったことにしてしまえば、隣に転がったままの言い訳も立つ。かもしれない。

幸い明日は土曜日だ。

垣内はしばらく狸寝入り（たぬきねい）りで二本木の寝息や体温やほのかな匂いを味わってから、本当にそのうち寝てしまった。

◇◇◇

目が覚めたのは土曜日の朝だった。

二本木も垣内に遅れて目覚め、そのまま当然のように部屋に居座り続けた。垣内は特に文句は言わず、二本木を風呂場に放り込んだ。垣内は二本木が寝ている間にゆうべサボったシャワーをすませ、二本木がシャワーを浴びている間に自分たちやドナの食事の支度をすませた。

「あ、ドナ、夜中に食べたんだな」

餌皿（えさざら）は空になっている。呟いた垣内に、風呂上がりの二本木が詰め寄ってきた。

ろ！」

「マジかよ！　起こせよ！」

「そう言われても俺も寝てて気づかなかったし――って、服！　着ろよ、着替え出しといただ

二本木は腰にバスタオルを巻いているだけだった。垣内はゆうべ想像した二本木の裸を思い出してしまって、顔から火を噴きそうになった。

「何羞じらってんだよ、男同士で」

「濡れるんだよ床が！　髪拭け、背中も濡れてる、風邪引く！」

「うるっせえな、じゃあ、おまえ拭いてくれよ」

「え」

二本木はバスタオル一枚のまま、垣内に背を向けて、さっさと床に腰を下ろしてしまった。

「どこの王様だ、おまえ……」

ぶつぶつ言いつつ、垣内は二本木の世話を焼けるのが嬉しくて、言われた通り相手の背中をタオルで拭いてやる。ドライヤーを持ってきて髪を乾かす間、二本木はずっと大人しくしていた。

「あー……気持ちいい、寝るかと思った」

髪が乾き、ドライヤーのスイッチを切ると、二本木がしみじみと声を漏らしている。

「拭いてやったんだから、服着ろって」

「俺、すぐのぼせんだよ。シャワーでも」

二本木は胡座をかいたまま、動こうとしない。

「人んちで変なもんぶらぶらさせるなよ、ドナにおもちゃと間違って引っかかれるぞ」

「マジか」

「——って待て、実行するな、小学生かおまえは！」

立ち上がって腰のバスタオルをはだけようとする二本木の背中に、垣内は張り手を食らわせた。二本木はげらげらと笑い声を上げている。彼がそんなふうに笑うところなんて、垣内は初めて見た。

（ああもう駄目だ、好きだ……じゃ、なくて！）

「服着てくれよ、頼むから。男の裸なんて見ても何の楽しいこともない」

「はいはい」

脱衣所に出しておいた着替えや、新品の下着を投げつけると、二本木が面倒そうにしながらもやっと服を着てくれた。

二本木が自分の部屋で、自分の部屋着を着ている——という現実について、垣内はあまり深く考えないように心懸ける。

朝食を食べたあとは、何となく仕事の話題になって、話し込んでしまった。

そのまま昼になり、ゆうべの料理の残りを食べ、だらだらとテレビなどを観る間に、二本木が「けんちん汁とか食べたいんだけど」などと言いだし、二人で近所のスーパーに向かい、垣内が夕食の支度をしている間、二本木は王様みたいにソファで寛ぎ、その気配を背後に感じながら、垣内はやたら満たされた気分になっていた。

「垣内は、あれだな、贅沢っていうか、人を駄目にするな」

「何て言い種だ」

ソファで寝転びながら、二本木がキッチンで料理する垣内の様子を眺めている。見られているのは気恥ずかしかったが、料理の合間に世間話をふられて、それに答える空気がひどく穏やかで、垣内は誤魔化しようもなく幸福感を味わわされてしまう。

夜になって、うまいうまいと賞賛の声を上げて垣内の手料理を食べながら、二本木が我に返ったような顔になった。

「――っていうか、本当駄目だろこれ。全然猫が出てこない」

「うん。いつ気づくかって思ってたわ」

二本木は部屋にいる間中、大人しくしているどころか、好き放題振る舞っている。

ソファで寛いでいる間はのんびりした感じだったので、もしかしたらドナが出てくるかと思ったが、結局姿を見せなかった。

「くそ、明日は一日静かにしてるからな。俺を甘やかすなよ」

「だから、何て言い種だ」

二本木は明日もここに居座る気らしい。垣内は追い出す気になれず、勝手にまた泊まるなよと言うことすらできず、すんなりそれを受け入れる形になってしまった。

夜になり、二本木はソファで、垣内は寝室で寝ようとしたが、二本木からクレームがついた。

「おまえ、寝室で猫と一緒に寝る気だろ」

まあ、垣内がベッドに入れば、ドナも潜り込んでくるだろう。

「駄目だ、許さん。おまえもこっちで寝ろ」

そう言い張る二本木に言われるまま、垣内は客用布団をリビングに運び込み、二本木と同じ布団で寝る羽目になってしまう。

(だから、何だ、この状況……おかしいだろ……)

流されるまま二本木の隣に並んで横たわりつつ、垣内は混乱していたが、二本木は特に疑問を感じていないらしい。

「おまえがここにいて、俺が大人しく寝てたら、猫も潜り込んでくるかもしれない」

大真面目な調子でそんなことを言う始末だ。

「二本木が大人しく寝てたら、ドナが来たことには気づかないだろ」

「起こせよ、そっと」

「嫌だよ、俺だって寝るよ」

とても寝られる気がしなかったが、垣内は一応そう反論した。二本木は軽く声を上げて笑っただけで、あとは「おやすみ」と言って枕に頭を載せた。

垣内は一晩、よく眠れなかった。

日曜日も二本木は垣内の部屋でのびのびと過ごし、ドナは勿論寝室に籠もって現れないままだった。

夜になり二本木が帰ってからも、ドナはベッドの下に隠れている。

「ドナ。ドーナ」

何度も声をかけると、ようやくもたもたとドナが現れたが、あからさまに機嫌が悪い。

「……ごめん。知らない奴がずっと居座ってて、嫌だったよな」

ドナは抗議の鳴き声すら上げてくれない。

「でもなあ、俺、二本木がこの部屋に来るの、嬉しいんだよ……」

堂々と寛ぐ二本木が自分の部屋に居座ることが、垣内には嬉しくて、でも辛くもあった。

（人の気も知らないで）

相手は思ったとおりに、いや、深く考えもせず、居心地がいいからとそうしているのだろう。

だが垣内の方は二本木に近づけばどぎまぎするし、一緒の布団で一晩過ごすなんて、天国なのか地獄なのかわからなかった。

（……勃（た）ってしまった……死にたい……）

夜中にこっそりトイレに籠もるなんて、最高に情けない。やりたい盛りの十代でもあるまいし。

垣内は、自分が恋愛感情も、ついでに性欲も薄い方だと思っていたが、まったくの誤解だったと今さら思い知る。

「でもきっと二本木はまたここに来るだろうし、俺もそれ、受け入れちゃうんだろうなあ……」

垣内の呟きは、その通りになった。

二本木は、自分の方が残業で垣内より社を出るのが遅れた日も、垣内の部屋に訪れるようになった。

家に帰るのが面倒だと、平日なのに泊まっていく日もある。

二本木が来てくれるのは嬉しいが、ドナはストレスを溜めていくし、垣内は垣内で、二本木がいる間はドナと二人きりのいちゃいちゃタイムが失われるのが辛い。寝室で可愛い猫のぬいぐるみに見守られながら眠ることができないのも辛い。眠れず長い時間を過ごし、ようやくうとうと微睡（まどろ）んで、目を覚ました時に目に入るのが、可愛いドナでもぬいぐるみでもなく二本木の寝顔だというのが、色んな意味で辛かった。

だからさすがに二本木が連泊しようとしている平日の夕方、「悪いけど今日は用事があるから」と来訪を断った。

二本木は残念そうだったが、しつこく喰い下がったりせず引き下がってくれた。

おかげでその日は心ゆくまでドナを可愛がることができた。

それで多少満たされはしたものの、どこかすっきりしなかったし、ちょうど「また店に来てね」と営業のメッセージも届いたタイミングだったので、垣内は次の日も二本木の来訪を断り、仕事が終わったあと久々にランパブに行った。

「もー、垣内さん、またご無沙汰すぎ！」

馴染みの女の子に可愛らしく責められ、彼女の身につけた好みの可愛い下着を眺めながら酒を飲んだが、美味しく感じられなかったし、酔えなかった。

「――垣内さん、アフター、行ける？」

それでもこっそり耳打ちされて、垣内は女の子に頷いた。ずっと相談したいことがあると言っていたから、それだろう。垣内は店の終了まで時間を延長して、彼女と一緒に別の飲み屋に向かった。

「やっぱりねえ、そろそろこの仕事も限界だと思うんだよね」

相談というか、愚痴のような相手の話を、なるべく親身になって聞いてやる。

「ごめんね、お客さんなのにこんな相談……でも垣内さん、話しやすいし、ちゃんと聞いてくれるから」

信頼を寄せられて、垣内は後ろめたかった。話しやすいのは、垣内の性的な好奇心が相手に向かっていないせいだ。下心がないから安心される。

「垣内さんがあんまり来られなくなるんじゃ、つまんないし。やっぱり別の、もうちょっと時給とか福利厚生(こうせい)とかいいところに移る」

仕事が忙しくなるから、もう店にはほとんど行けなくなるだろうと、垣内は相手に伝えていた。店で飲むのは、楽しいよりも、「女の子に興味が持てないと知られたら気まずい」というプレッシャーの方が勝ってしまうようになった。二本木を好きになったと気づいた今では。

「……あのね、最後なら、垣内さんなら、いいかなって」

店を出て、駅まで相手を送る途中、女の子がそっと垣内の腕に腕を絡(から)めてきた。

そうされて、嬉しいよりも面倒臭さが先に立ってしまった自分に、垣内はしんみりする。

(本当に、もう、二本木じゃないと駄目になっちゃったんだなあ)

心も体もちっとも動かない。相手は可愛いし、少しは情もあるが、残るのは次の店でも頑張ってくれよという、兄や父親のような気分ばかりだ。

「ごめん。妹と同い年なんだ。俺が君のお兄さんだったら、こういうの、止めるよ」

無難(ぶなん)な言い回しを必死に考え、垣内はその場を逃れた。彼女は寂しそうにしていたが、

「そっかー、妹みたいに見てたから、垣内さん全然えっちなことしてこようとしなかったんだね」と、納得もしてくれたようだった。

しかしこれで垣内が彼女と会うのも最後だろう。彼女の方はそれでしんみりしてしまったらしく、駅に着くまでも垣内に腕を絡めたままだった。

垣内は路線が違ったので、改札の前でようやく腕を解放される。

「それじゃね垣内さん、今日は……今まで、ありがとう」

改札を通る前、彼女が改まってそう言ってから、急に背伸びして、垣内の頬に唇をつけた。

垣内は驚いて身を引き、彼女の方は「本当言うと、結構マジメに好きだったんだよね」という告白を残し、笑って手を振り、改札の中に去っていった。

まるでドラマや映画のような演出をされてしまったのに、垣内はやはりちっとも心を動かされなかった。悪戯(いたずら)した時の妹の様子を思い出して、可愛いなと思っただけだ。

(でもなあ、二本木じゃないとその気にならないったって、どうすりゃいいんだか)

もし彼女を好きになっていたら、至極簡単にことが進んだだろう。二本木とは、そうなる要素がまったく見つけられない。

(万が一気持ちがバレたり、思いあまって告白なんてした日には、どれだけの言葉で否定されるか……)

それは垣内にも想像がつかなかった。それとなく探りを入れてみた感じ、二本木だってこれまで女の子としか付き合ったことがない。町田の厚化粧を、島中の馴れ馴れしさを一刀両断する勢いで、自分の気持ちも否定されたらと思うと、垣内の心は竦(すく)む。

（ちょっと、距離を置いた方がいいんだろうな）

今なら気の迷いですむかもしれない。本気の恋をしたことがないらしい自分の、二本木に対する感情は、恋愛ではなく単なる行きすぎた友情かもしれない。社会人になってから、今の二本木相手のように、親しい付き合いをする友人もいなくなった。距離感が近すぎたのが、きっとまずかったのだ。

（……でも、二本木がまた部屋に来たいって言うなら、俺は断れないんだろうなあ）

自分の性格は自分でもよくわかっている。

この先どうしたらいいのか見当もつかず、垣内は溜息をつきつつ、とぼとぼと家路についた。

二本木が家に居なくてもよくは眠れず、垣内は翌日寝不足のまま出勤した。

自席について少しすると、二本木もオフィスに姿を見せる。垣内は、なるべくいつもどおりでいようと心懸けた。

「おはよう」

「――はよ」

普段どおり挨拶をしたつもりだったのに、返ってきたのがやたらな仏頂面と不機嫌な声だったので、垣内は戸惑う。

　だが始業してからは、二本木もいつもどおりだった。たまたま虫の居所が悪かったんだろうかと不思議に思いながら、垣内も滞りなく業務をこなし、昼休憩を迎える。

「垣内、ちょっと」

　お互い午前中は外回りもなく、二本木に声をかけられたので、ランチの誘いだろうと思って垣内は頷くと、二本木と一緒にオフィスを出た。

「あれ？　どこに行くんだ？」

　今日はどの店かなと思いながら廊下を歩いていた垣内は、二本木がエレベーターではなく、階段の方に向かうので、怪訝になった。そちらなら屋上に行くコースだが、垣内も、多分二本木も、弁当なんて持ってきていない。屋上で昼食を取る時は、その前にどこかで食べ物を仕入れてこなくてはならない。

　二本木は垣内の呼びかけには答えず、屋上に向かっている。首を捻りながら、垣内もそれに続いた。

「昨日」

　屋上に出るなり、二本木が言った。屋上には相変わらず人がいない。

「え？」

「その前も、用があるって、デートか。水商売の女と」

「――え⁉」

何で知ってるのかと、垣内はあからさまにうろたえてしまう。

それを見て、二本木が舌打ちした。

「マジでかよ。おまえ、人の誘い断っておいて、ランパブ行ってアフターコースで路チューしてホテルまでとか――」

「いやっ、いやいや、たしかにランパブは行ったしアフターも付き合ったけど、ホテルはないぞ⁉」

それ以前に、なぜ二本木がランパブのことを知っているのか。そしてなぜ、責めるように確認を取られなくてはならないのか。

「島中さんからメールが来たんだよ、たまたまおまえがランパブから出てくるのを見かけて、そこの女とホテル街の方に向かったって」

「だ、だからホテルなんか行ってないし、そのまま駅に送っただけで……」

しどろもどろに答えつつ、島中さんか、と垣内は情けない気分で腑に落ちた。島中は垣内のランパブ通いを知っているし、何より二本木を独占していることを恨んでいる。それを告げ口すれば、二本木の心証が悪くなると踏んだのだろう。

「おまえ、ちょくちょくそういう店行ってるって話聞いたことあるけど、マジだったんだな」

「それは……まあ、そうだけど……ほら、部長が好きだったから、入社してすぐ他の人と一緒に誘われて」

　そういえばあの時、他の同僚も誘われたのに、二本木は来なかったことを垣内は思い出す。興味がなかったのだろう。

「まさか垣内がセクキャバに通ってるとは思わなかったわ」

「ランパブはセクキャバじゃないって、おさわり厳禁だし……」

　言い訳すべきはそこじゃないような気がしたが、垣内は必死に言い募った。

「アフターったって、単にその子の相談に乗ってただけだぞ。ホテル街とか、全然誤解なんだけど」

「接待でもないのにそんな店通ってんじゃねえよ」

　怒った声で言われて、垣内は口を噤んだ。

　好きな相手にランパブに行ったことを知られて情けない気分と、それを頭ごなしに怒られることに反発する気持ちと、そもそもなぜ責められなくてはならないのかという混乱で、返事に詰まってしまった。

「俺はおまえんちが居心地いいし、猫触りたいから行きたいっつってるのに。そんな店の女優先するとか、あり得ないだろ」

「あり得ない、って……」

　まるで一方的に責められて、垣内は何だか、段々むかむかしてきた。

（人の気も知らないで）

などと口走りそうになるのだけはどうにか堪えたが。

「どうして俺が責められるのか、ちょっと、わかんないんだけど」

垣内は精一杯、そう言い返す。

「俺を優先しろ。おまえは、俺のために飯作ってりゃいいんだよ」

傲岸（ごうがん）、と言っていいような態度で言い放たれ、垣内はさらに頭に血を昇らせる。

（人の気も知らないで……！）

知られたら困るくせに、あまりにも何もわかっていないで平然とそんなことを言い放つ二本木が、垣内には憎たらしくなった。

「どうして二本木にそんなことで怒られなきゃなんないんだよ。意味がわからない」

「俺が嫌だからに決まってるだろ」

「そんなもん、俺が行きたい店に行って何が悪いんだ。俺がやりたいことやって怒られるのは変だろ、おまえだって自分のやりたいこと勝手にやって、言ってるんだから、俺は同じことしてるだけじゃないか。前々からの約束を破ったわけじゃないんだ、勝手に怒るなよ。俺だってたまには息抜きに飲みにくらい行きたいよ」

「……」

言い返されるのを覚悟で一気に告げた垣内に、二本木はすぐには反論しなかった。

ただ、じっと垣内を睨んでいたその目が、少し、細くなる。

「それ、俺が遊びに行ったら息が詰まるってこと？」

思ったよりも冷静な調子で訊ねられると、つられて、垣内の勢いも殺がれる。

「……まあ、そう、かな……」

詰まるのは、息ではなく胸だったが、言えるはずもない。

「ふーん」

二本木の声音が、冷静という以上に冷たくなることに、垣内は焦って、焦る自分に苛ついた。

「大体おまえ、猫可愛がりたいからって毎日うちにきて、ドナだって生き物なんだから、一方的に撫で回そうとかするだけじゃ逃げるに決まってるだろ。全然相手の気持ち考えないから、ドナが出てこないんだよ。少しは人の……ね、猫の気持ちってもんも考えろよ！」

どう考えたって、自分の言葉は、ドナにかこつけた八つ当たりだ。

こっちは好きなのに、向こうはただ居心地がいいとか猫が触りたいという理由だけで束縛しようとすることに対して、腹を立てているだけだ。

二本木が垣内の気持ちを知らないのは当然で、垣内にはそれを伝える度胸も決意もない。なのに一方的に責めたのは自分も同じだ。きっと十倍返し、いや、百倍返しで正論に固められた毒舌を浴びせられるだろう。

垣内はそう思って怯えつつ俯いたが、しかしいつまで経っても、二本木は言い返してこない。

おそるおそる顔を上げると、二本木は、妙に平坦な表情で垣内を見ていた。

「に……二本木？　あの……」

言い過ぎた、ごめん。張り詰めた空気に耐えかねて、垣内はとにかく白旗を揚げようとしたが、それより先に二本木が小さく溜息を吐いた。

その溜息は、どんな罵詈雑言(ばりぞうごん)より言葉の刃より、垣内の胸を抉(えぐ)った。

「あ、っそ。わかった」

小さく頷くと、二本木はそのまま屋上を出ていってしまった。

垣内は一人、その場に残された。

当たり前といえば当たり前だろうか、その日を境に、二本木は垣内の部屋に行きたいと声をかけてこなくなった。
挨拶はする。仕事で必要なら言葉を交わす。それだけだ。
二本木は仕事上でも妙に大人しくて、誰彼構わず自分の邪魔になれば牙(きば)を剝(む)くようなことをしなくなった。
「なあ、垣内、あいつどうしたんだ？」

村西さえもが、心配そうに垣内にそっと訊ねてくる有様だった。村西は前に二本木から提案をばっさり切り捨てられたことで奮起したらしく、あいつにいつまでもでかいツラさせてられるかと、ずいぶん熱心に仕事に取り組むようになっている。相変わらず二本木のことを毛嫌いしてはいるが、大人しければ大人しいで、調子が狂うのだろう。

調子が狂うのは——寂しくて、悲しいのは、垣内こそだ。

言うまでもなく、ランパブになどもう行く気も起きない。仕事が終わればまっすぐ家に戻り、ひたすらドナを抱き締めて、溜息を吐く毎日だった。

(俺が、言い過ぎたのか……?)

二本木が大人しいのでオフィスが平和になってもよさそうなものなのに、静かすぎて皆がむしろ落ち着かない様子になっている。二本木自身に訊ねるのは腰が引けるようで、垣内はいろんな相手から「二本木はどうしたんだ?」と訊ねられ、そのたび辛い気分になった。どうもこうも、垣内にだってよくわからない。

(だっておまえ、今まで俺が何言ったって、上の人から怒られたって、気にしてなかったじゃないか……)

だから今さら、垣内が言い返したことを気に病むなどとは思えない。

「……結局ドナに触れないのが寂しいのか……?」

膝に抱き上げたドナに訊ねてみても、可愛い鳴き声が返ってくるだけだった。

会社の屋上で言い合いになり、二本木が大人しくなってから一週間ほどが経った日の夜、垣内がソファでドナと一緒にうだうだ考えごとをしながら寝転んでいると、ドアチャイムが鳴った。

ぎょっとして時計を見ると、午後九時、とても約束のない客が来る時間ではない。気味が悪くて無視していたが、しつこく鳴らされるので、仕方なくインターホンの受話器を上げた。

「誰──」

『ここまで無視することないだろ』

「……っ、二本木?」

受話器越しに聞こえてきたのは、間違いなく二本木の声だった。

垣内は慌ててエントランスのロックを解除して、玄関に向かった。もう一度チャイムが鳴り、ドアを開けると、仏頂面の二本木が立っている。

「ふーん。今日は、ランジェリーパブに行ってないんだな」

二本木は最初から喧嘩を売っているようにしか見えない。垣内は相手を睨みつけた。

「おかえりください」

「何で!」

「何でもクソもあるか、人の顔見るなり喧嘩ふっかけてくる相手なんか部屋に上げられるかよ」

「……、……悪かった」

ぐっと言葉に詰まってから、不本意そうではあったが、二本木が謝罪する。

謝られたことに、怒っておきながら驚いて、垣内はつい相手を部屋の中に招き入れてしまった。どのみち、こんな時間に何をしに来たのか、確かめないことには落ち着けるはずがない。確かめることもまた、怖かったのだが。

リビングに向かうと、ドナの姿はすでにない。チャイムの音か、二本木の気配を察したせいで、逃げ出したのだ。

二本木はソファではなく、床に腰を下ろした。垣内は、呼んだわけでもない客にお茶を淹れるべきか迷ったが、二本木に座れと仕種で示され、それに従った。しかしこの時間に勝手にやってきて、まるで自分の家のように振る舞える二本木はすごいと、感心してしまう。

「訊きたいことがあるんだ」

二本木と向かい合って座ることに何となく抵抗があったので、垣内はテーブルの角を挟んで斜向かいに座った。垣内が床に腰を下ろすなり、二本木がそう口火を切る。

「……何？」

「やっぱり俺は、俺のやりたいことをやりたい。昔っからそうだし死ぬまでそうだと思う」

一体何の宣言だよ、と、垣内は今度は呆れて二本木を見遣った。大きく頷いてやる。

「そうだな、おまえは、そういう奴だ」

「でも猫に触れないのも、この部屋に来られないのも嫌なんだけど、どうしたらいい？」

ふざけているのかと思ったが、垣内の見た感じ、二本木は至極真面目だ。

「……」

「それを俺に訊くのか……」

「他に訊く相手がいない」

「いや、そういうことじゃなくて……うーん……」

痛む頭を押さえつつ、垣内は一生懸命、二本木の言葉やその心情を斟酌(しんしゃく)しようと努力する。

(要するに……これは……二本木の成長、なのか……？)

周りの思惑や状況になど一切頓着(とんちゃく)せず、主に効率を求めて自分のやりたいことだけを推し進(おしすす)めてきた二本木が、人生で初めてぶち当たった壁なのかもしれない。

普通そういう葛藤(かっとう)のようなものは、物心がつく辺りか、せいぜい思春期の頃にすませておくもののような気がするんだが。

(そうだ。こいつ、仕事ができるし見た目は格好いい大人の男だけど、単に、すっげぇ子供なんだ)

猫を追いかけ回したり、人の部屋に上がり込んで帰らなかったり、風呂上がりに局部を丸出しにしようとしたり。

目に見える部分で惑わされていたが、二本木はもしかすると、子供レベルの情緒のまま大きくなってしまった、駄目な大人なのかもしれない。

「……あのさ、俺も、訊いていいか?」

あれこれ考えた挙句に、垣内はまず、一番気懸かりなところを確かめることにした。

「それ、俺と、ドナだけに対してそうだってことか?」

二本木の成長の切っ掛けが、もし『垣内(とドナ)が特別だから』という答えだったら、凄まじく、嬉しい。

どきどきしながら返事を待っていると、二本木が少し考え込むような様子を見せたあと、頷いた。

「そうだな。別に他の奴はどうでもいいんだけど、垣内のやることだけ妙に気になる」

「……どうしてだ?」

「垣内が変わってるから」

「俺がかよ?」

まさか二本木に変わっていると言われるとは思っていなかった。驚いて問い返したら、また深い頷きが返ってくる。

「俺の周りにいる奴って、俺の態度が気に食わないって嫌うか、反省しろって説教するのに聞き入れないから呆れて去ってくか、でなけりゃ勝手に持ち上げてしつこくひっついてくる奴ばっかりだったんだよ。男でも、女でも」

それは垣内にも理解できる。社内の状況が、まさにそうだ。

「俺は自分が誰にどう思われようが、俺のやりたいことの邪魔さえしなければどうでもよかったし、邪魔になるなら退かすだけだし、他人の反応とか言葉とか表情とか、気にしたこともないんだけど」

「うん」

「でも垣内は、俺に惚れ込んでる割に説教ばっかりしてくるから、変な奴だなって気になってた」

「……。……え⁉」

うんうんと頷きながら二本木の言葉を聞いていた垣内は、『惚れ込んでる』と言われたことに少ししてから気づいて、ぎょっとした。

「ほ、惚れ……いや、あの……」

「おまえ俺のこと『いいなあ』って目で見てただろ。おまえが周り気にするタイプだから、気にしない俺のこと羨ましいみたいな感じで」

「あ、な、何だ」

そっちか、と垣内は胸を撫で下ろしてから、いやどっちみち安心できるところではなかったと、うろたえた。

「気づいてたのか……」

「うっすらと。説教するけど俺を押さえ込んで勝った気になりたがる奴とは違うし、言うこと聞かなくても諦めずにまた説教するし、俺に疎まれることは気にしてなくて、何なんだよこいつと。俺を好きなのか嫌いなのかはっきりしろと」

「そこは、普通に、社内の空気乱すおまえは嫌いだし、周りの目を気にせず仕事こなすおまえは格好いいなと思ってたよ。面倒臭い奴だなと思ったし、憧れたし……」

もう羨望の気持ちは曝かれてしまったので、隠す方がみっともないと、半ば開き直って垣内はそう説明した。

「それで惚れたのか」

「いや、だから、どっちだけってこともなくて複雑な感じで」

「夜中にトイレで抜くような感じで」

「……!?」

垣内は反射的に腰を浮かせ、背後に飛びすさった。

「お、おま、それ……ッ」

「寝たふりした方がいいのか、起きて襲った方がいいのか、よくわからなくてそのままやり過ごしたっていうのも、俺にしては我ながら驚きの選択だったんだけど」

二本木は平然と話を続けている。

垣内は叫びながら部屋を飛び出したい衝動と戦わなければならなかった。

（あれを、気づかれて、いたとは）

恥ずかしくて、正気を保つのに苦労する。二本木を見ていられず深く項垂れながら二本木の話の続きを聞いた。

「俺、迷うことってないんだよ。どっちがいいか悪いか、好きか嫌いか、俺の基準でパッと決められるし、その選択で誰がどう思おうと何言われようと気にならなかった。でも、垣内だけは反応が気になる」

「……」

逃げずに、正気を保ったまま踏み止まったのは、多分今二本木からとても重要なことを打ち明けられているとわかったからだ。

「俺の言動でおまえが傷ついたりするのは、まあしょうがないかなと思うんだけど」

「しょうがないのかよ」

「でも、どっちを選んだらおまえが喜ぶかなみたいに考えることが、どんどん増えてきて……垣内、俺が触ると喜ぶだろ」

「……」

「気持ちよさそうだし、俺も垣内に触ると楽しいし気持ちいいし。他の女と遊んでると思うとムカつくし、ランパブとかふざけんなって思うし。余所の女なんか構う暇あったら俺に構え」

説明だと思って、項垂れつつ真面目に話を聞いていたのに、最後には命令になった。

その言い種がまた上から目線というか、傲慢にもほどがあるのでムカついて、何か言い返してやろうと顔を上げた時、咄嗟には状況を把握できないくらい間近に、二本木の顔があった。

驚いて固まっている間に、勝手に、キスされた。

前置きもない。勿論ムードもへったくれもない。垣内は一方的な行為に対して激昂して、相手を引っぱたいた。本当は頬を平手で張りたかったのに、二本木の顔が近くにありすぎて、殴れたのはその側頭部だった。

しかも大して力が籠もらず、ぱちんと情けない音が立つだけだったが、二本木は垣内から離れてくれた。

「何で殴る」

「なっ、何でもクソも、あるかっ」

気が昂ぶりすぎて、垣内は涙ぐんでしまった。

「何で泣く……」

「俺はっ、たしかに、最近二本木のことが好きだけど！　でも、一方的に触られて、どう反応するかなって顔で見られて、嬉しいなんて思わないんだよ。おまえは一体俺、っていうか他人全般を何だと思ってるんだ、ふざけるなよ、俺は玩具とか、おまえの言うこと聞く犬とかでもないんだぞ!?」

興奮して声を荒らげる垣内を、二本木は、ものすごく驚いたような顔で見ていた。

きっと本気で、自分がキスをすれば垣内が喜ぶと思っていたのだろう。

目を見開いてこちらを見ている二本木の態度に気づいて、垣内は、頭に昇っていた血が急速に下がっていくのを感じた。

(何か……しょうがないなあ、こいつ……)

情緒が育たなかったというより、母親の腹の中にでも置いてきてしまったのではないか。

(俺がちゃんと躾けないと、駄目だ……幸い俺の言うことはそこそこ聞くみたいだし……)

妙な義務感すら芽生えてくる。馬鹿すぎて、可愛く思えてきてしまった。

「……あのな。人間ってのは、嫌なことを言われ続けたら、好きな相手でも気持ちが冷めて、嫌いになるもんなんだよ」

「それ、垣内が俺を嫌いになったって話か?」

「う、うーん……」

訊ねてくる二本木が、心なしか寂しそうに見えてしまったのが、もう運の尽きだ。

「嫌いにはなってない。でも、『まだ』、ってつくな」

本当のところ、こうまでひどいことをされておいて、未だに嫌いになれないのに——好きという気持ちの方がはるかに強いのに、今後それが逆転するとも思えなかったのだが。

「ただ触るだけっていう以上の意味があるなら、勝手にそうされたら、嬉しい時は嬉しいけど、タイミングとか気分によっては不愉快だ。そういうの、どっちかがやりたいからやるってもんじゃなくて、どっちの気持ちも、何て言うかお互いの方を向いてる時にやらないと、逆効果っていうか……」

説明の必要上、垣内は『こいつも俺のことが好きなんじゃないか、もしかして？』とさっきから気づいて疑っていたことを、確定事項として設定しなければならず、それが猛烈に恥ずかしかった。勘違いだったら今度こそ叫びながら部屋を逃げ出さなくてはならない。二本木本人からその勘違いを指摘されでもしたら、逃げるというよりもこのまま死んでしまいそうな気がした。

「そうか……猫と同じわけだな」

だが、二本木は、深く納得したという態度で一人頷いている。

「垣内よく言うだろ。猫を触る時は、相手を怯えさせないように、そっと、静かに触れと。嫌がってるなら深追いはしないで、そもそも嫌がられるような大きな声やうるさい行動を取るなと」

「そうだ。それだ」

通じたことに感動を覚えつつ、垣内もこくこくと何度も頷いた。

頷いてから、

「……そうか、俺は、猫レベルか……」

それに気づいてがっかりしたが。

「俺が自分から人に興味持ったのなんて、義姉さんの猫が初めてなんだけど」

「それ、人じゃないだろ」

「人間なら垣内が初めてだな」

「……」

「俺はずっと誰も好きじゃないし興味ないし、だからきっと平気で思ったことそのまま言えたけど……垣内と、義姉さんの猫と、おまえんちの猫に嫌われてるとか嫌われるとか考えたら、しんどいな」

二本木の態度も口調もしおらしかった。今もそれについて考えてしまったらしく、少ししょんぼりした様子にも見える。

「でも長いこと周りに興味なかったツケなのかもしれないけど、どういうタイミングで触って許されるのかがわからん。おまえが喜ぶと思って触ったりキスしたのに、すげぇ怒るし。触りたいのを、俺は我慢するしかないっていうのか……？」

深刻な表情で自問する二本木に、悪いとは思いつつ、垣内は笑い出したくなってしまった。

でかいし男前だしちっとも可愛げなんてないはずなのに、今の二本木が、可愛く見えて仕方がない。

だから垣内は、一方的に触るなと相手を殴っておきながら、二本木の方に近づくと、宥めるようにその頭を抱き込んだ。よしよしと、後頭部を撫でてやる。

（だって、今、嫌じゃないよな？）

偉そうに二本木に説教染みたことを言いつつも、こと恋愛経験のなさは、きっと垣内もどっこいどっこいだ。

「……今抱き締めたら、嬉しいかなと思って」

自分こそが二本木に触れることに喜びを感じているくせに、偉そうな調子で垣内は相手に告げる。

「そうか。やっぱりおまえ、すげぇな。当たってるわ」

二本木が素直に感心しているようなので、多少心苦しかった。

お詫びの気持ちでぎゅっと相手を抱く腕に力を籠めてから、それを緩めて、二本木と向かい合って視線を合わせる。

「さっきは怒ったけど、今は俺、二本木ともう一回キスしたいな」

「……」

恥ずかしいのを堪えて本心を伝えると、二本木がじっと垣内の顔をみつめてから、やけに厳かな仕種で頬に触れてきて、唇を合わせてきた。

垣内は大人しく目を閉じて、二本木のキスを受ける。二本木は何度も垣内と唇を合わせ、垣内からも相手の唇を食んだりと動きを返すうち、いつの間にか舌が触れ合い、お互い、熱心な深いキスを続けるようになった。

「……あのさ、二本木……俺が男なところは、気にならないのか？」

それが不安で訊ねると、二本木が小さく首を捻った。

「まあ人間全般どうでもいいところに、垣内だけ気になるんだから、この際性別とか気にしてたら話が進まないだろ」

垣内もまったく同じ気持ちだったので、「本当にそれでいいのか……？」と少しは疑問を感じたが、それよりも二本木と触れ合う喜びや心地よさの方が勝ったので、気にしないことにした。

（まずいな、俺も、二本木化が進んでたりして……）

頭の片隅で考えつつ、さらに深く二本木と繋がるようなキスを味わう。二本木の動きに迷いはなかった。垣内を喜ばせたい、のようなことを言っていたが本気のようだ。垣内はとても気持ちよくて、とても嬉しい。

キスの合間に熱っぽい溜息をついていたら、背中を支えられ、床に横たえられた。

「掘られるのは無理だ」

そして真顔で、二本木がそう宣言する。いいムードになったはずだが、気のせいだっただろうか。

「俺は……まあ、どっちでも……」

本当は垣内だって、男相手に女役をやる羽目になる覚悟などちっとも決めていなかったが、押されれば流されるいつもの悪い癖が出てしまった。

（いや、結果的には、いいのか……）

そんなことで揉めたくない。お互い触れたがって、実際触れられるのに。

二本木はもどかしそうな風情で床に寝かせた垣内のネクタイを外し、スーツやシャツのボタンを外した。垣内も二本木の服を脱がしたかったが、緊張と恥ずかしさでうまく体が動かず、されるに任せる状態になる。

シャツを開けさせ、興味深そうに垣内の肌に触れながら、二本木がふと思い出したように顔を覗き込んできた。

「そうだ。おまえ、ランパブ好きなんだから、そういうの俺が着た方が嬉しいのか？」

二本木は進んでムードを壊しにきているわけではなく、本当に、純粋に、垣内を喜ばせようとしてくれているらしい。

それがわかっていたから、垣内は相手を突き飛ばして叫びながら逃げ出す衝動を堪えられた。

「いや、おまえが着ても、ちっとも可愛くないから……」

安心されると思ったのに、二本木がむっとしたような顔になるものだから、垣内は笑ってしまった。可愛くないと言った端で、二本木が可愛くて、胸が疼く。

「二本木単品で充分だよ。店には二度と行かない」

「……よし」

満足げに頷く様子も可愛くて、顔を綻ばせていると、またキスされた。

そこから先は、もう一方的な触れ方だ。何しろ垣内が、相変わらず緊張と羞恥と、度を超したときめきで身動きが取れない。改めて間近で見て二本木は格好いい。こんな二本木を見て、情緒は小学校の多分五年生くらいの男子並だとは、きっとみんな気づくまい。

（ちょっとずつ、俺が、育てよう……）

垣内に対してだけではなく、周囲にほんの少しだけでも心配りができるようになれば、言うことがない。

今の二本木だったら、『ギスギスした空気は俺が悲しいから』とでも言えば、半分くらいわかってくれる気がする。

――などと呑気に考えていられたのは、ものの数分のことだった。

「……んっ」

二本木は手際よく垣内のベルトを外し、ズボンの前を緩めて、躊躇なく下着の中に手を差し入れてきた。二本木と深いキスをした時から、垣内の性器は固くなっている。それを握られた。

「こういうのは、ちゃんと嬉しいか？」

耳許で囁くように訊ねられ、反射的に首を横に振りそうになってから、それじゃ止められてしまうと気づいて、羞恥で死にそうになりつつ垣内は頷いた。

「これは？　気持ちいい？」

握り締めたものをゆっくりと擦りながら、二本木がさらに訊ねてくる。

触れられる刺激の上に、二本木にそうされているという状況と、さらにわざわざ言葉で確かめられるという行為のせいで、垣内は信じられないくらい大きく背中を震わせてしまった。

「……あ……っ……」

「いまいちか？」

「……ッ、……気持ちいい、から」

「から？」

「つ、続けていい……」

こいつはわかってやってるんじゃないかと、垣内は疑いながら、いつの間にか強く瞑っていた瞼を開いた。また間近に二本木の顔があり、目が合って、吸い込まれるように接吻けを繰り返す。

「ここ、さきっぽのとこは……？」

「んっ、いい……クソ、いちいち言わせるな……ッ」

「聞かないとわかんねえだろ」

「反応で、わかれよっ」

「また間違って、垣内に嫌われたら、嫌だし」

二本木の声音に笑いが含まれている気がするのは、垣内の被害妄想か。

「いっぱいカウパー出てきたし、やっぱり、すげぇいいみたいだな」

「うう……」

「人のなんか触るの初めてだけど、触るだけでも気持ちいいもんだな……」

笑いだけではなく、熱を含んだような声で、二本木が言う。

「面倒臭いからさっさと終わらそうと思ったことしかないけど。おまえ、まだいくなよ。もっと触らせろ」

「無茶、言うな……ッ」

垣内は二本木の手に擦られて、勝手に腰が浮いて、ひくついているような状態だ。そのうえ二本木が急に乳首に吸い付いたから、たまったもんじゃなかった。

「あっ、あ……！　や……！」

「気持ちよくないか？」

乳首を唇で噛んだまま訊ねられ、垣内は声も出せずに首を振った。もう無理だ。二本木の方に腰を押しつけるようにしながら、その手に握られたまま、達してしまった。

「ん……、……ん……ッ」

気持ちよくていったというより、射精させられたという感じだ。ほのかに屈辱なのに、それを含めて紛れもない快楽になって、垣内は半泣きだ。だらしない顔を見られたくなくて首を逸らす。

「……垣内？」

そこで勝ち誇った顔でもしてくれればいいのに、二本木が様子を窺うように名前を呼んで、頬にキスしてきたりするから、ひどい話だ。

「……きもちよかった」

荒い息を漏らしながら答えた垣内の声は、上擦った、妙に舌足らずな調子になって、それを自分で聞くのも恥ずかしくてたまらない。

もっと泣きたくなっていたら、二本木に、力一杯抱き締められた。

「……逃げるなよ。あと、引っ掻くなよ」

二本木は兄嫁の猫にされたことを思い出して警戒している。猫と一緒にするなよと、垣内は泣きながら笑ってしまった。

「嫌じゃないんだから、逃げない」

「……」

ますます力を籠めて、ぎゅうぎゅうと抱き締められ、さすがに苦しくて逃げたくなったが、我慢する。

「……俺のも、どうにかしたいんだけど」

耳許で苦しげな二本木の声がした。

自分に触れるうちに体が昂ぶって収まらなくなったというのなら、垣内は嬉しいし、拒む理由が何ひとつみつからない。

「『掘られるのは無理』なんだろ。……俺は別に……平気っていうか……多分、二本木とそういうのできたら、嬉しい、から」

ドナが寝室に籠もってくれていてよかったと思う。

可愛い可愛い飼い猫にこんな痴態を見られるわけにいかない。

消え入りそうな声でどうにか言い切った垣内の唇に、二本木がまたキスしてから、身を起こした。

急いた仕種で、垣内の下着ごとズボンを引きずり下ろしてくる。下肢を剝き出しにされ、垣内はもうどうにでもなれと、どこを隠しもせず、ただぐったりと床に横たわった。

瞼を閉じきってしまうのも怖くて、薄目で見遣ると、二本木が自分のベルトのバックルを外し、ズボンの前を緩めて、何か大きな——固くなっているものを、取り出しているのがわかる。

垣内は見ているのも怖くなったので、ぎゅっと目を閉じた。

自分の荒い息が耳につくことを気にしている間に、両脚を持ち上げられた。腿の裏に手が当たり、ぐっと、大きく開かされる。自分がどんな格好をしているのか想像してしまい、垣内は意味もなく呻き声を上げた。

「このまま突っ込むんじゃ、さすがに、辛いよな……」

「……突っ込むとか、言うな……何か、濡らしたりとか……？」

垣内だって、男と寝るのは初めてだ。自分の体が女の子みたいに濡れないことはわかるが、どうするのがベストなのかの知識がない。

「これでいけるもんかな……」

二本木の呟きが気になって、また薄目で見遣ると、自分の口許に手を持って行く相手の姿が見えた。

再び固く目を閉じた時、開かされた脚の間、尻の狭間の窄まりに、濡れた指が当たった。ぬるぬると周辺を触れられ、つい身を捩りたくなるのを懸命に堪える。

そのうち濡れた指が体の中に入ってきた。

「こんなので、ちゃんと入るか……?」

二本木は少し心配そうだ。

「知るか、入れたこと、ないし」

緊張を誤魔化すために強気な調子で返事をしたら、何だか嬉しそうな笑いが漏れる音がする。

「もしかしたら、もっとちゃんと手順とか必要なのかもしれないけど……ゴムとか……」

指で垣内の内壁を擦りながら、二本木が熱っぽい声で呟いた。

「でもまあ今日は、仕方ないよな」

少し、唾液が足される感じがする。もう一本指が増えた。入るわけないいんじゃないかと思ったのに、垣内の体は二本木の指を受け入れた。くちゅくちゅと、微かに濡れた音がするのが恥ずかしくて、気持ちいい。

「う……、……ん、な、何か、そこ……っ」

闇雲に指を動かされるうち、触れられると体が竦むような、背中が勝手に跳ねるような場所に行き当たる。

「そこ、駄目だ……、……っ駄目だって、……ッぁ……！」

垣内は嫌がっているつもりなのに、二本木はむしろその場所を執拗に狙ってくる。垣内は腿を引き攣らせるように震えた。二本木の指を締めつけてしまう。

「──そうか、本当に、中も気持ちいいんだな……」

そう言いながら、二本木が垣内の体から指を抜き出した。

「ぁ……」

それが名残惜しくて、垣内は息を漏らしてしまう。

だがすぐに、今度は、二本木の昂ぶりきった性器を後ろの窄まりに押し当てられた。

また何か訊ねてくれると思ったのに、二本木はさらに垣内の足を開かせると、何も言わずかなり強引に、中に押し入ってくる。

「……、……ぃ……ッ」

まだ全然濡らし足りなかったらしく、軋むような感じがある。咄嗟に「痛い」とか「抜いてくれ」とか口を衝いて出そうになったが、そう言えば二本木は本当に身を引いてくれそうだったので、垣内は両手で唇を覆って何も言わないように堪えた。

痛くて苦しいが、やめたくない。せっかく二本木とセックスしているのに、中断なんてしたくなかった。

「垣内、大丈夫か？」

相手の気持ちを慮るようになど、指導しなければよかった。もう勝手に入ってきて、勝手に動いてくれればいいのに、律儀に訊ねられて、頷くことしかできない。

「……いじょうぶ……きもちい……」

つい嘘をつく。体は気持ちよくはなかった。ただ、心の方は、形があれば震えているだろうというくらい気持ちいい。だって好きな人とするセックスなんて生まれて初めてだ。初めては痛いというのだから、これでいいのだと思う。

小さく啜り上げながら頷く垣内の中に、さらに二本木が潜り込んでくる。二本木が漏らす声は苦しげで、心地よさそうで、色っぽい。二本木は少し強引に垣内の中に進んで、何とか入るところまで身を収め切った。垣内が二本木の方に手を伸ばしたら、すぐに意図を察して、二本木が垣内の体に覆い被さってくる。垣内は心置きなく二本木の背中に両腕を回し、抱き締める。二本木も抱き返してくれた。

「垣内、今、俺が何したら嬉しい……？」

そんな状態で、二本木が真剣に訊ねてくるのが、おかしいやら嬉しいやらだ。

「……好き、って、言ってほしい……まだ聞いてない気がする……」

興味があるとか、それっぽいことを言われたが、ちゃんとは告白されていない。言われなくてもうわかるつもりだが、この状態でそんなことないと言われはしないだろうが、不安も残っているし、何よりただ聞きたい。

だがなかなか返事が怖くなった。不安が募って、泣き濡れた瞼をおそるおそるうっすら開くと、二本木が少し弱ったような表情で垣内の顔を見ている。そんな表情を見てはいけない気がして、慌てて目を瞑り直したら、耳許に唇の近づく気配がする。

「……好きだ」

まるで重大な秘密を打ち明けるような囁き声が、聴覚をダイレクトに刺激した。

垣内はぞくぞくと身震いして、つい中の二本木を締めつけてしまい、その刺激で堪えきれなくなったのか、二本木が垣内の腰を抱えて動き出した。

「んっ、ん、ん……ッ」

固いもので何度も中を擦られる。やっぱり痛くて苦しいのに、体の芯から変な震えが立ちのぼってくる。

「ぁ……ッ」

奥を、浅いところを交互に突かれて、また奥に潜り込まれた時、体が勝手にもっともっと深いところへ触れて欲しがるように、二本木を締めつけてしまう。二本木の苦しそうな、甘い声にぞくぞくした。

（何、だ、これ……っ）

体が震える。内腿がまた痙攣（けいれん）するように動く。

二本木は垣内の腰を押さえつけるようにして、少し乱暴な動きで二度三度と自分の腰を打ちつけてから、深いところで留まって、大きく身震いした。

二本木も達したらしい。

しばらく荒い息をついていた二本木は、垣内のペニスが中途半端に持ち上がっているのに気づいたようで、再びそれを手で握ってきた。

二本木と繋がったまま、垣内は半勃（はんだ）ちの性器を刺激され、震えて声を上げながら射精に導かれた。

二本木がまた垣内の上にのしかかり、垣内はその重みの心地よさを感じながら、相手の背中を抱き締める。

繋がったところの違和感がすごくて、じくじくと疼く感じがしたが、それが二本木とたった今セックスをしたという証（あかし）な気がして、垣内は満足だった。

しばらくぐったりしていた二本木は、どうにか息が整ったらしく、少し身を起こして垣内の中から自身を抜き出した。

抜かれる感覚に身震いする垣内の顔を、二本木が覗き込んでくる気配がする。

さっきから垣内が泣きっぱなしなのが気懸かりなようで、しきりに目許を指で擦ってくる。

それがくすぐったくて垣内が笑ったら、二本木の方からほっと息を吐く気配がした。

瞼を開けると、間近で二本木と目が合う。

二本木が、これまで見たことのないような優しい、甘ったるい表情で自分を見ていることが、垣内は照れ臭くて仕方がない。

「……どうしよう、可愛くないのを、好きになってしまった」

照れ隠しに悪態をついてしまう。しかし垣内の声音も二本木の表情並に甘かったので、幸か不幸か、垣内自身にも悪態というよりは、愛の囁きみたいなものに聞こえてしまった。

「垣内が可愛いんだから、いいだろ」

そして二本木が笑ってそう答えるものだから、胸とか頭を撃ち抜かれた気分で、ぐったりしてしまう。

(こんなの、全然小学五年生の情緒じゃない……)

いや、ストレートな言葉だから、こっちがめろめろしてしまうのか。

「……まさか、二本木とこんなことになるとは、思ってなかった……」

熱い顔を持て余しながら、垣内は喘ぐように言う。

手の甲で顔を隠していたら、それを少し荒っぽい動きで引き剥がされた。

「後悔してる、って話?」

声音こそ質問調だったが、瞼を開けて見遣ると、二本木は「だったら許さない」といわんばかりの目で垣内を見ている。なのに口許は笑っているのが性質(たち)が悪く、こいつはどこまで傲慢(ごうまん)なんだと呆れたかったのに、垣内はまた背筋を震わせてしまった。怖かったわけではなくて、気持ちよかった。

「全然。まあ、苦労しそうだとは思うけど……」

「よし。あとは、猫だな」

二本木は満足そうだった。垣内は、ついその額を掌(てのひら)で叩いた。

「気長に行け、焦るともっと逃げられるぞ」

「……ま、そうだな。垣内が気になり始めてからずいぶん経ってやっとこれなんだし、同じくらいは時間かける覚悟で」

「……」

二本木は結構な殺し文句を口にした自覚がないらしい。

垣内は言葉を失い、これだから二本木はと思いながら、また相手の体を力一杯抱き締めた。

その時、微かな物音と気配が、寝室の方からした。

二本木を抱き締めながら垣内が見遣ると、ドナが、少し離れたところから、抱き合う垣内と二本木を見ている。

ドナがやっと姿を現したことを二本木に伝えようと垣内は慌てたが、しかしドナがじっと、抱き合う自分と二本木を見ていることに、何かひやっとした。

にゃあ、と、いつもより低い声でドナが鳴く。

「えっ、猫⁉」

二本木がその声に振り返った時、ドナは再び寝室の方へと駆け込んでしまった。

「猫、いたろ、今、ドナいたろ」

珍しく慌てたような様子になる二本木の体の下で、垣内は両手で顔を覆った。

「……いや、もう……当分出てこないと思うぞ……」

ドナは明らかに、垣内と二本木が仲よくしている姿を見て、怒っていた。

ご主人を取られた気がしてやきもちを妬いていたのかもしれない。

(俺まで嫌われたらどうしてくれよう……)

根気よく宥めるしかない。ドナは悪戯をして叱られた後など、拗ねて垣内を無視することだってあるが、甘やかせばすぐに機嫌を直してくれる。

「何で。くそ、無理矢理捕まえればよかった」

「だから、おまえのそういう態度がだな……」

二本木は相変わらずだし、ドナは不貞腐れるしで、垣内は今後のことを思って少しだけ頭が痛かった。

それでもまあ不幸というには程遠い状況ではあったので、溜息を吐きつつ、とりあえずひどく落胆しているできたての恋人を宥めるため、その背中をもう一度抱き締めた。

釣った猫には餌をやる

tsutta neko niwa esawo yaru

1

「あっ、あっ」

慌てて、薄暗がりの中で垣内は微かな声を上げた。床の上に俯せたまま手探りで携帯電話をみつけ、極力気配を殺し物音を立てないようにしながらそれを摑むと、大急ぎでカメラアプリを起動する。

携帯電話の画面に映し出されるのは、ぼんやりと白く見える塊。それを指でタップしてピントを合わせれば、世界一可愛い愛猫、アメリカンショートヘアの血が混じったような外見をしたドナの姿と——その後ろ足が踏み締める肌色の長いものが映し出される。

肌色の長いものとは、二本木の脚だ。

垣内は迷わず連写モードでそれを撮った。連続するパシャパシャという音をさして気にするふうもなく、ドナは仰向けに寝転ぶ二本木の脛辺りを踏み台にして、さっさと居間を通り抜け、キッチンの方、餌皿のある辺りへと去っていく。

（どうだ！）

垣内がすぐさま携帯電話の画像を確認すると、ほとんどは暗すぎ、ブレていたが、一枚だけ奇蹟的にクリアに撮れた写真があった。思わず起き上がって、よし、と一人ガッツポーズを取っていたら、隣で軽く呻くような声があがる。

「……何だよ……？」

眠たげな二本木の問いかけ。垣内の気配がうるさかったのか、携帯電話の明かりが眩しかったのか、眉を顰めつつ目を開けようとしている。

「何時……？」

「まだ五時前。それより今、ドナがいた」

「え⁉」

小声で囁く垣内の声を聞くと、二本木が飛び起きた。

「マジか！　どこ！」

二本木の声はそこそこ大きかったが、垣内は咎めないでおいた。どうせドナは、二本木が目を覚ました時点で、すでに餌皿の前からぬるりと走り去っている。

「もう寝室に戻った。けど、証拠写真は撮れたぞ」

垣内が自分の携帯電話を差し出すと、二本木がそれを受け取ってしげしげ画面を眺める。

「……マジだ……」

二本木の声には感動が滲んでいた。無理もない。恋人として垣内の部屋に通い始めてすでに三ヵ月近くが経とうとしているのに、彼が携帯電話の画面越しとはいえドナの姿を見るのは、これで一ヵ月ぶりなのだ。ドナは二本木のことをひどく警戒していて、彼が訪れると寝室のベッドの下に隠れてしまう。

一ヵ月前も、トイレに立った二本木の気配を察して、同じく用足しのためにトイレのある脱衣所に行こうとしていたドナが慌てて逃げ帰る後ろ姿の残像を辛うじて目撃したというだけだった。当然、ドナを抱っこしたり、頭を撫でたりなどという触れ合いが出来たためしがない。垣内が二本木にドナを紹介してから、ただの一度もだ。

それが、一方的に踏まれているだけとはいえ、脚が触れ合ったのだ。

この数ヵ月、週末はほぼ毎回、平日もしょっちゅう二本木が垣内の部屋に居座るもので、さすがにドナも彼の存在に少しは慣れてきたのかもしれない。

「何だよ、起こせよ」

文句を言う二本木の口許は緩んでいる。

「ていうか、その写真くれ。待ち受けにする」

「えっ、いや、それは……」

垣内は口籠もった。二本木はそんな垣内の反応を怪訝そうな目で見ているが、垣内にしてみれば、二本木の態度の方が不思議だ。

写真に映し出されたのはドナと二本木の脚だけではない。

一糸まとわず堂々と仰向けで寝ている二本木の腹あたり――下着すらつけていない下腹部までが、多少ぼやけているとはいえしっかり表示されている。

（こいつは本当に堂々としてるよな）

　ドナを寝室から無理に引き摺り出すのも可哀想なので、垣内は二本木と恋人らしく親密な時間を過ごす時、要するにセックスする時は、居間のソファか床のラグの上を使っている。客用の布団もあるのだからそれを使えばいいのだろうが、そうしてから「いざ、セックスするぞ」という雰囲気になるのが垣内はどうも苦手で、事前に敷くタイミングを逸(いっ)してばかりだ。

　それにしても二本木は、いくら恋人の家とはいえ、他人の部屋で、大事なところを隠そうともしない。寝ているうちにそうなってしまったわけではなく、「暑いから邪魔」といって、垣内が腹にかけてやったブランケットを剝(は)ぎ取るのだ。垣内の方は、ことが終わればいろんな後始末ついでに下着とシャツくらいは身につけるのに。

（まあ、こんだけいい体してたら、隠そうって気も起きないのかもしれないけど……）

　若い頃は多少運動でもやっていたのか、そこそこ筋肉の浮いた平らな腹と、妙に綺麗な形の臍(へそ)。その下にしっかりした真っ黒い茂みと、そこから姿を見せるこれまた綺麗な形で、大変立派な大きさの――、

（……って、何をこんなまじまじ見てるんだ俺は）

　つい写真に見入ってしまいそうになって、垣内は慌てて携帯電話の画面を消した。

「何だよ、送れって」

　二本木はますます不審そうな顔になっている。ほんの数時間前まで、あれが自分の中を猛々(たけだけ)

しく穿っていたのだ……などと考えている場合ではないと、垣内は小さく頭を振って写真の残像を眼裏から追い出した。

「自分の裸待ち受けにするとか、普通ないだろ。誰かに見られたら恥ずかしくないか、ものすごいナルシストみたいで」

「全然」

「おまえが恥ずかしくなくても、見る人が恥ずかしいんだよ」

二本木の『気にしなさ』は相変わらずだ。

「じゃあ垣内が待ち受けにしていいぞ」

「いや、しねえよ」

垣内は鼻の頭に皺を寄せて答えてみせるが、『待ち受けにはしない』というだけで、先刻撮った写真は失敗したものを含めてすべてロックしているなどということは、絶対口にしたくない。

そもそもドナが写っている写真はたとえピントが合っていなかろうが、中途半端な位置で切れていようが、変な顔をしていようが、すべてロックをかける主義なのだが。

(二本木が映り込んでるのも多分そうするだろうなんてことは、絶対に言わない。一生からかわれる)

そそくさと携帯電話をソファのクッションの間に潜り込ませる垣内を見て、二本木がわずかに目を細めた。

「ふーん」

含みのある「ふーん」に、垣内は首を傾げる。

「何だよ？」

「ま、俺は可愛くないからな」

「そりゃそうだろ」

「ふーん」

もう一度鼻を鳴らすように言うと、二本木がラグの上に再び横たわった。垣内はさらに首を捻りながらその態度を間近で見下ろす。

二本木が可愛くないのなんて今に始まったことではないだろうし、二本木だって他人に可愛いなどと言われて喜ぶタイプでないだろうに、何を言っているのか。

しかし垣内にわざとらしく背を向けている姿は、どう見ても、あれだ。

（拗(す)ねてる？　のか？）

垣内が二本木が可愛くないから写真を待ち受け画像にしなかったことで、どうやらへそを曲げているらしい。

咄嗟(とっさ)に、垣内は自分の心臓のあたりを押さえた。

（か、可愛い）

この男には世界一遠い表現な気がしていたのに、不貞腐(ふてくさ)れている二本木の様子が可愛らしくて、垣内は動揺した。

「……おい、風邪引くぞ。毛布か、下着くらい着ろよ」

そっと背中をつついてみても、二本木は垣内を無視して寝たふりをしている。絵に描いたような狸寝入(たぬきねい)りだ。

(……うーん、可愛い)

我ながら信じられない感想を抱きつつ、垣内はその可愛い後ろ姿を写真に納めたくなる衝動を、必死に堪(こら)えた。

これがドナなら、たとえば出張で数日家を空(あ)ける間ペットシッターに頼んだあとに帰宅した時、不機嫌な声で鳴いても、強引に抱き上げて頬ずりすれば不満げにしつつ尻尾(しっぽ)はゆっくり左右に振れる。垣内に置いていかれたことに抗議はしても、帰ってきたことが嬉しい方が勝(まさ)るので、構ってやれば喜ぶのだと、よく知っているのだが。

二本木に対してはどうしたらいいのか、いまいちわからなかった。しかしいい歳した男がいい歳した男相手に猫撫で声で「そんなことないよ、二本木も可愛いよ」などと告げながら頭を撫でてやるのも、何だか気持ち悪い気がする。

垣内は結局、二本木の頭を乱暴に二度ほど撫でたあとに立ち上がった。キッチンに向かい、手早く朝食の支度をした。二本木は眠りが深いが、一度目を覚ますと短時間でも起き出してしまう。そして起きてすぐに腹が減ったと訴える。ゆうべの残りのカレーに、だし汁と調味料を入れ、ストックの冷凍うどんを投入して、カレーうどんに。ネギと七味唐辛子も加える。

二人分器に盛って垣内が振り返った時には、ダイニングテーブルに、辛うじて下着だけ身につけた二本木が座っていたので、噴き出すのを堪えるのに苦労する。垣内の作るカレーとその後のカレーうどんは二本木の好物だ。

「炭酸水？　牛乳？」

「炭酸水」

二本木お気に入りの炭酸が強めなミネラルウォーターも常備してある。垣内のもてなしに二本木はすっかり気をよくしたようで、カレーうどんをおかわりしていた。

「機嫌取るよな、垣内は」

そして垣内の心算を、二本木は察しているようだった。とはいえ口調には険がない。責めているわけでも感謝しているわけでもなく、ただの感想らしい。

「好きなもの食べてほしいだけだよ」

この垣内の返答は気に喰わなかったのか、二本木は軽く鼻を鳴らしたが、また不機嫌になったりはしなかった。

二人して大した会話もせずうどんを啜る。空気は悪くない。垣内の方は、どちらかといえば満たされた気分だ。

週末に恋人が泊まりにきて、満足いくまで抱き合って、自分の手料理を向かいでうまそうに食べている。平和で幸福な時間。

（しかし、二本木が俺のせいで『拗ねる』なんてなあ）

とことんマイペースな二本木は、いつでも自分のやりたいようにやるし、他人の思惑になど頓着（とんちゃく）しない。性質（たち）の悪いことに、それを受け入れる人も結構な数存在する。同じくらい、そんな二本木の言動に眉を顰める人も存在するのだが。

とにかく日頃の二本木が拗ねる、要するに自分の希望通りにことが進まず不貞腐れるなど、あり得ないのだ。少なくとも垣内が見た覚えはない。だから少し驚いた。二本木もこんなふうになるんだな、と思うと、やはり可愛らしいし、「こいつだってまともな人間だったのだ」という感動まで湧いてくる。

豪快な音をたてて二杯目のカレーうどんを啜る二本木を、垣内はしみじみと見守った。

週末はのんびり二本木と過ごして終わった。おまえがあまり居座っているとドナの気が休まらないだろうといって、映画に連れ出すことにまで成功した。口実ではなく、九割が本音だったが。

週が明けて月曜、垣内は朝まで二本木と一緒に過ごして、そのまま会社に向かった。二本木は朝一番で外回りがあったのですぐに社を出ていき、垣内は自分の席でＰＣに向かいながら、何となく息を吐いた。

それにしたってすっかり二本木といるのが当たり前になってしまったものだ、と思う。

少し前までは考えもつかなかった。垣内は二本木が苦手で、同じ案件に関わる時に事務的な会話をするか、二本木の傍若無人な態度に垣内が苦言を呈して二本木がまるで聞き入れないかという関係だったのに。朝顔を合わせて挨拶するのがせいぜいで、一緒に夜を過ごすどころか、誘い合ってランチだの飲みに行くだのなんてことは、ただの一度もなかったはずだ。

二本木について考えるだけで気が塞ぎ胃が痛むことだってあったのに、今はずっと少し高いところで気持ちがふわふわと浮いている感じがする。それがすでに日常だ。仕事も妙に捗る。

午後までかかる予定だった作業を昼前に終え、ひと息入れようと垣内は席を立って、在籍している部署フロアの片隅にある休憩スペースに向かった。

（……思えば）

自販機で購入した紙カップのコーヒーを冷まし冷まし、垣内は思考する。

（『好きな人』と付き合う……自分から好きだと思った相手と付き合うのは、初めてだなあ）

などと考えるのはこれまで交際してきた相手に失礼なことなのだろうが、本音だ。自分は可愛いものばかりに気が行って、人を人として見られないし好きにはなれないだろうと思っていたのに、全然ちっとも可愛くないはずの二本木を好きになった。

(いやでも、つい可愛いって思ってしまったし、やっぱり可愛いものが好きなんだろうか)

くだらないことを真面目に考えていた垣内は、ふと誰かが近づいてくる気配を感じた。無意識に眺めていたコーヒーから目を上げると、廊下の向こうからやってきたのは同じ部署の先輩である村西(むらにし)だった。村西も休憩を取るところらしい。

「お疲れ様です」

「おう」

村西は素っ気(そけ)ない挨拶を返してから、自販機に向かった。村西が休憩するなら自分は早々に立ち去った方がいいだろうかと垣内が迷っていると、村西がコーヒーの入った紙カップを手に、垣内の斜め前にやってきた。どうやら村西はこのまま垣内が休憩所にいてもいいと思っているし、何なら話し相手にでもなってもらおうと思っているらしい。

(この人も、丸くなったよなあ)

少し前まで、村西は垣内に冷淡だった。何より毛嫌いしている二本木と、垣内が親しくなったせいだ。

だがここのところ、村西の垣内に対する当たりは柔らかい。その理由も二本木に違いない。

「なあ、アレ、どうしたんだ?」

村西がそう訊ねてくる。

「アレ？」

問い返しつつ、垣内は村西が何を言わんとしているのか察していた。たった今、頭に思い浮かべた相手についてに違いない。

「二本木ですか？」

村西が頷く。やっぱりな、と垣内は納得する。村西は、ここのところの二本木が、以前に比べて暴言を吐かず、独断で共同の仕事をしなくなったことに、戸惑っているのだ。

「垣内の教育の成果だろ？」

村西は勿論垣内と二本木がどんな付き合いをしているかなんて知らないだろうが、二本木の変化が垣内と親しくなってからだということには気付いているだろう。二本木が思ったままのことを口にするたび、垣内が「もっと人の気持ちを考えて発言しろ」と叱りつけ、二本木が「そういうもんか？」という態度で一度口を噤み、実際何かしら思案してから発言し直す様子を、村西たち同じ部署の社員は、ここ数ヵ月で何度も目の当たりにしている。さぞかし驚いたことだろうと、垣内にも想像がついた。以前にも同じことで、垣内だけではなく村西たち先輩や上司も含め、何人もの人々が二本木を批難したが、そのたび二本木は「どうしてそんなことを気にしなくちゃならないんだ？」という顔で、実際そう口にして、抗議や提案を無視し続けてきたのだから。

「でしょうね。いくらか人らしくなるよう躾けてますんで」

その苦労を思い出したせいで少々辛辣になった垣内の言い種に、村西が噴き出した。相手が笑ってくれたことに垣内は内心でほっとする。やはり村西の態度はかなり軟化している。

「……あいつ、嫌な奴かと思ってたけど、性格が悪いってわけじゃないんだよなあ」

溜息混じりに村西が言った。

「ただただ無頓着なだけで、悪意がないっていうか」

彼の言わんとすることも勿論わかるのだが、ここで頷けば村西の立つ瀬がなくなる気がしたので、垣内は小さく苦笑してみせた。悪意がないから許されるというものでもないだろう。何につけても。

「それが問題だとは思うんですけど。二本木の、最大の」

「まあな」

村西も苦笑いを浮かべてから、もう一度溜息をついた。

「悪意も敵意もない、特に原因があってこっちに嫌がらせしてるわけでもなく素であの態度なんだ、改善しようがない。なのにこっちばっかり一生懸命腹を立てたり、相手に向かってあれこれ言うのが嫌になってくる。おまえはずいぶん根気強いな。おかげで、それこそ二本木が『人らしく』なってるんだろうけど」

村西の語調にはわずかばかりの尊敬の念が含まれているように聞こえて、垣内は少し居心地が悪くなった。垣内だって、二本木がただの同僚だったら、こんなに手を掛ける気は起きなかっただろう。

（いや、でも、二本木がただの、まともな神経を持った善良な人間だったら、そもそも好きになる切っ掛けもなかったのか？）

そう考えると垣内はいささか微妙な心地になったりもした。

「今、二本木と同じ財務のASP開発やってるだろ。少し、本当に少しだけだけど、言葉の選び方がマシになったんだよな。前の二本木なら、『それはもうとっくに試したんで意味ないです、俺が検証した方が早いからやっておきます』とか言ってたところが、『そこは別の属性当てて実行順変えた方がスマートです』とか……まあどのみちイラッとはするんだけど」

これまでに「言い方ってもんがあるだろう」と言い続けた甲斐があったのだろうか。二本木は何より効率を大事にしている上に、『自分がわかっていることは他人もわかっているはず』と決めつけるところがあったから、誰が相手でも必要な説明を省き、結果として無礼な物言いになることが多かった。村西の言うとおりそこに悪意はないのだが、それでは悪意を感じる人もいるのだ、少なくとも俺はそういう言われ方をするとおまえに対していい印象は持てない、と懇々と諭してきた結果、確かに最近の二本木からは、以前に比べて相手に自分の思惑を伝えようとする努力を感じられるようになった。

「それで、まあ『二本木も先輩を立てるってことをわかってきたじゃないか』って思ってから――そうか、俺は二本木の言い方が気に入らないってだけだったんだって。二本木がやってることは変わらないのに、俺より知識があって正しいこと言ってるのに、あいつがムカつくからそれを認められずに反発してたんだって気づいて……小せえなってさ。少し落ち込んだ」

本気で落ち込んだ顔をしている村西に、垣内はつい首を振る。

「いや、でも、それが普通だと俺も思いますよ。言ってることが正しいのと、言い方が悪くて腹が立つのは、別の問題じゃないですか。むしろ正しいことを言ってる分、性質が悪いっていうか。王様は裸だって叫ばれたら、王様自身だって、見てる市民だって、相当ばつが悪いですよ。王様に恥をかかせたくないんだったらさり気なくマントの一枚でもかける口実を考えるべきだし、その機転が利かないならせめて見て見ぬふりをするべきで、誰もがわかってて言えないことを口にしたから偉いってことは、絶対にないですよ」

垣内はつい力説してしまった。昔から、とにかく人の輪が乱れること、空気が悪くなることが苦手なのだ。裸の王様の絵本を読んで、子供心に胃が痛くなる思いをしたほどだった。

「ま、まあ、そうなんだろうけど」

垣内の強い口調に少々鼻白んでから、村西が気を取り直したように続ける。

「ただ俺は、どこかでそういう二本木を羨んでるところがあったんだよな。妬ましいっていうか。俺らは我慢してるのにどうしておまえだけとか……今の垣内の話なら、『馬鹿には見えない服』が見えないって言い放つことに全然怖じ気づかないところとか、いろんな意味ですごいって。二本木はどうしてこうなんだって考えていくうちに、あいつのやることなすことに苛々するのは、結局僻みなんだって気付いて、また落ち込んだよ」

それは垣内にもとても覚えのある思考だった。二本木が羨ましい。誰に煙たがられようが自分を貫くような男に、垣内だってなりたかった。空気なんて読みたくて読んでいるわけではない。周囲の目や言葉を気にして、時には自分の意志を曲げて貧乏くじを引くなんて、馬鹿馬鹿しいと本当は思っている。思っているのに変えられない。そういう自分に落胆する分、自由な二本木が羨ましくて、目障りで仕方がなかった。

そしてそういう嫉妬や憧れは、次第に強い羨望から、恋情へと変わっていったのだ。

だから垣内は、村西の話を聞いて、ひやりとした。

(まさか、村西さんまで二本木への敵愾心が、同じくらい強い好意に逆転したり……？)

反撥する分、惹かれる気持ちは嫌と言うほどよくわかる。

「二本木の態度が変わってから、あいつについて自分が感じてた妬みとか、羨ましいとかっていう気持ちを、最近突き詰めて考えてて……」

真剣な表情で呟くように言う村西に、垣内はますます動揺する。つられて重々しく頷きを返した。

「……はい」

「でもやっぱ、ムカつくもんはムカつくなって」

「え」

しかし村西の口から開き直ったような語調で出て来たのは、垣内の予想外の言葉だ。

「そりゃあ好き勝手振る舞った挙句に誰の気持ちも忖度しないでいられりゃストレス溜まらなくていいなと思うけど、でも集団で社会生活を送っていく上で、それは無理な相談だろ。家族がいて仲間がいて上司部下がいてクライアントがいて、そういう相手のことを考えずに自分の言いたいことややりたいことを自分本位にやるのは無理だ。人としてありえない。それを貫く二本木はやっぱりおかしい」

「ま……まあ、そう、ですね」

「俺は二本木みたいになれないっていうか、なりたくない。世の中全部あいつだったらこっちの頭がおかしくなる。だから俺は俺のままでいいんだと割り切った。あいつが正しかろうがムカつく。ムカついていい。心置きなくムカつくことに決めた」

力強く言い切った村西は、やはりどこか清々したような様子だ。それで彼の方も、二本木に対する態度が落ち着いたらしい。

「しかし多少は人らしくなったとはいえ、前と比べて少しはってくらいで常識から言えばまだ全然なのに、おまえは本当に根気強いな」

そして村西はほとほと感心したように言う。垣内は曖昧に笑うしかなかった。村西が自分のような感情を二本木に対して持たなかったことに安堵してしまい、我ながら気恥ずかしい。村西から話を聞けば聞くほど、垣内自身、何だって自分が二本木に友情以上の好意を寄せたのかわからなくなってくる。なのにやっぱり二本木を好きだという気持ちは疑いようがなく、まあ、理屈じゃないんだろうなと思うしかない。

「助かったっていうか、悪かったよ」

村西の言葉を聞いて、垣内はようやく彼が自分に話しかけてきた意図を把握した。村西は二本木に対する糾弾をやめると宣言しつつ、垣内に対してときどき当てこするような態度を取ってきたことを、謝りたかったのだ。

(根が善人だし、真面目なんだなあこの人は)

だからこそ二本木のやることなすことが気に喰わなかったのだろう。

「もう少し、根気よくいきます。多少は報われるらしいことがわかったので」

許すというのも少し傲慢な気がしたし、かといって気にしていないというのも嘘になるので、垣内はそう答えた。村西には通じたらしく、微かな安堵と、それ以上の感心するような表情が相手の顔に浮かぶ。

「おまえ物好きだよな」

これには垣内は返す言葉もなく項垂れた。まったくそのとおりだと思う。

村西はコーヒーを飲み干してゴミ箱に放り込み、オフィスに戻ろうと廊下に向かう途中で、ふと思い出したように垣内を振り返った。

「そういえば、島中さんのこと聞いたか？　事務から、俺らと同じ技術営業に異動になるって」

「えっ」

初耳だ。垣内は驚いて村西を見遣った。

「倉田さんと日野さん一遍に辞めて、回すの辛くなってきただろ。また中途で募集かけるかって話になったけど、島中さんがコード書けるっていうから内部の異動ですませるって。意外だよな、彼女が前の会社で作ったっていうCRMシステムの仕様とデモ確認したら、戦力的に全然問題なかった。うちとは別のフレームワーク使ってたけど、実務ですぐ慣れるって本人も言ってたし」

「へえ……」

たしかに意外だった。事務の島中といえば、備品の補充や資料作りすら彼女独特の気の利かせ方を混ぜ込んでは失敗し、彼女が気を惹きたがっている二本木からは「島中さんは何もしない方が役に立つ」と言われるほどの社員なのだ。単に向き不向きの問題だったのだろうか。何にせよ、人手が足りていないので、垣内にとってもありがたい話だ。

「二本木とまたバタバタするかもしれないから、おまえそっちもうまく手綱取ってくれよ」

そう言い置いて、村西が去っていく。垣内は一気に胃が痛くなってきた。島中は二本木がなかなか自分に靡かず、垣内とばかり一緒にいることを快く思っておらず、垣内は彼女から目の敵にされている。彼女が自分や二本木と同じ技術営業として働くのなら、接触する機会も増えるし、同じ案件に関わることもあるだろうし、余計な軋轢が生まれそうだ。

（せっかく村西さんと和解したのに、まだいろいろ起こるのか……）

二本木には彼女に対してあまり辛辣な言葉を投げないよう釘を刺しておいた方がいいかもしれない。

ともあれ村西が声をかけてくれたのは単純に嬉しかった。人間関係はスムーズな方がいい。

垣内もコーヒーを飲み干し、村西に続いて自分の仕事場へと戻った。

外出していた二本木は昼過ぎに戻ってきて、垣内を昼食に誘った。垣内もちょうど手が空いたところだったので頷いて、二本木と一緒に社屋の屋上に向かった。
ランチタイムからは少し外れていたおかげで、元々ひとけのない屋上には垣内と二本木の他に人目はなかった。できれば誰もいないところで食事をしたかった垣内はほっとする。別に、二本木と二人きりになりたいという理由からではない。互いの昼食が、垣内手作りの弁当であるということを、他の誰にも見られたくなかったのだ。
垣内と並んでフェンスの段差があるところに腰を下ろし、弁当箱を開いた二本木が、惣菜のひとつを箸で摘まんで笑った。
「タコ惨殺」

いつもは夕食の残りをアレンジしたり、作り置きの惣菜を温めて入れるのだが、今日はそのどちらも見つからず、仕方なくソーセージをただ炒めたものがメインの料理だった。せめてもと思って切れ目を入れてタコ形にして、把手が猫型になったピックを刺したのだが、余計なことをしなければよかったと垣内は少々悔やんだ。二本木は弁当の中身が手抜きということよりも、わざわざタコの形にしたことを面白がっているふうに見えたからだ。暗に、垣内の『可愛い物好き』をからかっている。

「おまえが朝まで居座るから、他の準備する時間がなかったんだ」

ほのかに赤らみつつ、言い訳にもならない言い訳をする垣内を見て、二本木は面白そうにニヤニヤしている。

「可愛いよな、おまえの弁当」

「惨殺してるんだから可愛くないだろ。作ってもらって文句言うなよ」

早く目の前から消し去ろうと自分の分のタコウインナーを口に運びながら、垣内は横目で二本木を睨んだ。

「褒めてんだよ。弁当も弁当箱も箸も箸入れも可愛い」

垣内は返す言葉に詰まる。垣内自身の弁当箱は二十代後半の会社員男性が使うのに相応しく素っ気ない無地の弁当箱だったが、二本木が手にしているのはどれも同じ猫柄がプリントされたランチボックスセットだ。懸賞に応募して当選したのはいいが、人前で使うのは憚られ、可愛いのに使って汚してしまうのが勿体なくて、大事にしまい込んでいたものだった。

二本木が昼も垣内の手料理が食べたいなどと言い出すので、照れ隠しの冗談紛れで「これを使っていいなら」と出してみせたらあっさり頷かれ、垣内の方が後に引けなくなってしまったのだ。一緒に出掛けた時、二本木の弁当箱も用意しないとなと言った垣内に、二本木は平気な顔で、「何で？　あの猫のがあるだろ」と答えた。

「っていうか、そろそろ寒くないか、外で飯喰うの」

可愛い弁当箱は容量が少ないので惣菜だけを入れ、主食は大きな握り飯がふたつ。それをもりもり平らげながら二本木が言った。

「握り飯が大分冷たい」

そろそろ冬が近づいてきて、晴天の昼間とはいえたしかに風が吹けば肌寒い。だが垣内は首を振った。

「見られたら困るだろ、そんな弁当箱使ってるの」

「俺は別に？」

こういうところだよなあ、と思う。二本木は何というか恥を知らない。よほど自分に自信があるのか、あまりに無頓着すぎるのか。両方だろうな、と思う。弁当箱ごときで自分の価値が揺らがないとわかっているから、常に堂々としているのだ。人からからかわれても気にしないだろう。そもそも、二本木をからかう度胸のある人間が、社内にいるかどうかだが。

（俺だって死ぬ気で隠したいわけじゃないけど、進んで見られたいわけでもない）

「俺の持ちものだって知られたくないんだっての」

「何で？　垣内が嫌なら、俺が買ったことにしたっていいけど」

二本木は弁当箱もさることながら、垣内の手作り弁当をお揃いで食べていることを同僚などに見られることについて、まったく気にしていない。そもそもそれを気にする理由など思いもつかないのだ。

垣内は村西との会話を思い出す。そんな二本木がたしかに羨ましいが、真似たくはない。いい年した男が猫柄の弁当箱なんて使っているのは、どうやったって気恥ずかしい。それを気にしないようにはなれないしなりたくない。男性社員のみんながみんな猫柄弁当を持っていたら、やっぱり薄気味悪いと正直思う。垣内は自分の好きな可愛いものを他人に見せびらかしたくもないし、こっそり愛(め)でられたら、それでいいのだ。

「何か考えてる？」

黙然(もくねん)と弁当を食べる垣内を見て、二本木が訊ねてくる。垣内はただ首を振った。二本木に話したところで、「気にする意味がわからん」と一刀両断にされるのは目に見えていた。

「いや。丁寧に扱えよ、弁当箱。秘蔵なんだから」

「秘蔵なら自分で使えばいいのに。大事なもんなら他人に貸さない方がいいぞ」

親切で言ってくれているらしい二本木に、垣内は少し呆れた。

「二本木は他人じゃないだろ。大事なものだから、好きな相手に使ってほしい……とか……」

その価値観を正そうと力説する途中で、垣内は自分がどれほど恥ずかしいことを言っているかに気付いて、口を噤んだ。

だが遅い。二本木はますますニヤニヤして、手にした弁当箱と箸を、それぞれ目の高さまで掲げた。

「愛妻弁当？」

「馬鹿言ってるよ」

二本木の発言はさらに恥ずかしい。垣内は、くだらない、という素振りで二本木から顔を逸らした。二本木は笑ったまま垣内の顔を覗き込もうとしてくる。勘弁してほしかった。

「照れてる？」

「気付いても黙ってるもんだ、そういうことは」

できるだけ重々しく言おうと努力する垣内の頬に、二本木が出し抜けに唇をつけた。

（うわ）

もう堪え切れようないくらい、耳や首まで、自分が赤くなるのを垣内は感じた。

（どうしたんだおまえ）

ベタ甘。ドロ甘だ。垣内自身もそうだが、二本木がこんな有様になるなんて予測もしていなかった。これでは人目のあるところで並んで弁当なんて食べられっこない。どう見たって、頭が緩くなった馬鹿なカップルそのものだ。

「垣内は、可愛いよな」

追い打ちで言われ、垣内は堪えられなくなった。誰もいないったって外ではやめろよ。そう言うつもりだったのに、二本木の方に顔を向けて目が合った瞬間、文句を言いたい衝動は別のものに摺り変わった。目を伏せて自分から二本木の方に顔を寄せる。二本木も当たり前のように近づいてきて、お互い自然な仕種で唇を合わせる。

(ああもう、こういうのができないと勿体ないから、雪が降ったって屋上に居座ってやるぞ)

照れて拒む方が馬鹿馬鹿しい。垣内は開き直って、そうしたいと思う気分に任せて、与えられた休憩時間が許す限り、二本木と仲睦まじく過ごした。

2

村西(むらにし)の口振りからして島中(しまなか)は同じ部署に配属されると思っていたのだが、垣内(かきうち)の予想に反して、彼女は隣の課に異動となった。業務内容はほぼ変わらないが、クライアントの業種だけ違う。

オフィスは同じフロアだが衝立(ついたて)の向こうとこちらに分かれ、ミーティングも別口でやるから、同じビルの同じ階で働いていても、垣内が彼女と挨拶(あいさつ)以外の接触をする必要はなくなった。二本木(にほんぎ)も同様だ。

それでも彼女なら障害(パーテーション)などやすやす乗り越えて、たとえば「仕事がわからなくて……教えてくれませんか……」などと涙目で訴える手段を取るのではと思っていたが、これも予想外に、彼女は二本木に対するアプローチを一切取らず、淡々と自分の仕事に取り組み、着々と成果を上げていた。同じ課の他の男性社員に媚(こ)びるような様子もなく、これまでの態度から異動後のそういう態度を予想してひそひそと噂話を楽しんでいた社員たちは、肩透かしと感心と半々の反応を示していた。

(島中さんは島中さんで、どうしちゃったんだ?)

軋轢(あつれき)がないのはいいことだが、単純に不思議だ。垣内がまた休憩スペースでコーヒーを飲みながら彼女について何となく考えていると、まさに島中本人が姿を見せた。

島中はそこに垣内がいるとは思っていなかったようで、目が合って「お疲れ」と微笑んで声をかけた垣内に、「どうも」といかにもな作り笑いを返した。

（俺のことはまだ嫌ってる、か）

以前、彼女からはなかなか手酷い言葉を浴びせられた。なよなよへらへらして気持ち悪いとか。話しかけられるだけで迷惑とか。

自分が居残っては彼女も気まずいだろうと、垣内はカップを手に自席に戻ろうと、座っていたベンチから立ち上がりかけた。

だがそれより先に、飲み物を買った島中が自分の隣に腰を下ろしたもので、顔には出さないがぎょっとする。

「垣内さん、ＭＶＣの勉強会に出てるって聞いたんですけど」

前置きもなく島中が言った。垣内の方を見ることもなく、ひどくぶっきらぼうな口調だったが、彼女の言いたいことを垣内はすぐに把握してしまった。

「ああ、島中さん別のフレームワーク使ってたんだっけ。次は再来週の土曜にセミナーがあるから、主催の連絡先あとでメールしとく」

垣内たちの会社で使っている開発環境に、島中はもっと慣れたいと思っているのだろう。一番熱心に勉強しているのが垣内だと誰かに聞いて、声をかけてきたらしい。

（……けど、本題、これじゃないよな）

プログラミングの勉強会なら、少し調べればいくらでも出てくる。今のところ島中が新しい部署で苦戦しているとは聞かない、むしろ順調に仕事をこなしているようだから、これは多分垣内に声をかける切っ掛けを探っていたのだ。村西の時と同じパターンだ。村西の方が随分直接的だったが。

「垣内さん、私にムカついてますよね」

「えっ、いや」

前言撤回だ。島中の方がよっぽど直接的だった。前置きは何だったのだというくらいストレートに訊ねられ、垣内は狼狽（ろうばい）した。

「ちょっと前まで二本木さんに媚びっ媚びで、垣内さんに感じ悪いこと言って、それ以前にろくに仕事もできずにいかにも結婚相手を会社に探しに来るような相手、嫌いでしょう」

「い……いや……嫌いではないかなあ。島中さんが島中さんなりに頑張ってるのは、わかってるし」

島中の話の方向性はよくわからなかったので、垣内は慎重にそう答えた。嘘はついていない。

しかし島中は少し項垂（うなだ）れると、大仰（おおぎょう）なくらいの勢いで溜息をついた。

「私は垣内さんのそういうところ、苦手なんですよ」

それは今さら言われなくてもわかっている。垣内は苦笑した。

「へらへらした八方美人で？」

島中が微かに眉を顰めて垣内を横目で見遣る。

「そうですね。全然怒らないし。普通キレても当然なこと言われたのに、何なんですか？」

「何と言われても……」

「私、可愛いじゃないですか」

島中の話はパチンコ玉みたいにあっちこっちに行って、垣内は内心怯えつつ、下手に相槌を打つこともできなかった。

「美人じゃないし、スタイルもよくないけど、小さくてアニメ声だし、賢く振る舞うよりは可愛くて鈍くさいキャラでやってた方が楽なんですよ。実際鈍いし。頑張って賢いふりしたって、他の女の子からは見た目とか喋り方とかだけで下に見られるし。だったら、せいぜい男の人には媚びていこうって決めたんです。その方が得でしょ、面倒なことは『私こんなのできない……』って半泣きになれば手伝ってもらえて、そのうち誰からも頼られなくなって、自分が努力しなくても周りが何でもやってくれるの」

——垣内のランパブ通いの現場を突き止めて二本木に密告する手腕からもわかっていたが、島中はとても見た目通りの女性ではない。わかっていたとしても、垣内は怖ろしくて、無言を貫いた。

「わざわざ無駄な苦労したくないじゃないですか。会社でたくさん稼ぐいい男性見繕って、さっさと寿退社しようと思ってたんです。だから二本木さんに狙いをつけて、力業で結婚に持ち込もうとしてたんだけど……馬鹿のふりしてるつもりが本当に馬鹿になってて、二本木さんが私みたいなタイプに絶対に靡かないってことに、やっと気付いたんですよね」

「……」

「っていうか会社でまで猫被ってると、むしろ苦手なタイプの男の人しか寄ってこないんだってことにも思い至って。本当に今さらなんだけど、私、女だからって平然とお茶汲みさせたり、べたべた触ってくる人、嫌いだったんです。びっくりするでしょ、自分からそういう人が釣れるような態度ばっかり取っておいて」

垣内がつい素直に頷いてしまうと、島中が、とても可愛らしいなんて思えない、だが目を惹く表情でにやりと笑った。

「でも下心の見える相手の方が扱い易くて楽だったから。人生って何てチョロいんだろうって思ってたけど……二本木さんと垣内さんだけです、ここまで思い通りにいかなかったの」

「俺も？」

島中に靡くどころか面と向かって邪魔だと言っていた二本木はともかく、自分の名前が挙がったことに垣内はまた驚く。

「自慢ですけど、私、どれほど気持ち悪くてウザい相手でも、ニコニコして金蔓にするくらいできるんですよ。逆に私みたいなのを毛嫌いする男の人でも、ちょっと甘えて頼ってみせれば大抵コロッと掌返すし。だから垣内さんにしたみたいな八つ当たりなんて人生初でした。だって垣内さん、何考えてるのかわからなくて、落ち着かなくて。二本木さんみたいに露骨にウザがるわけでもなくて、いかにも私に興味あるって雰囲気でちらちらこっち見るくせに、他のそういう人がするように口説いてくるわけでもないし、ちょっとした会話にも下心が全然感じられないから、意味わからないっていうか。今全然怒ってないのも、ふりじゃなくて本気みたいで、気持ち悪いなあ」

たしかに垣内は、今の島中の言葉にも、別段怒りを感じない。苦笑は浮かんでしまうが。

「私はとても失礼でしょ。だから怒ったり罵ったりしてくださいよ、じゃなくちゃ、『垣内さんにひどいことされた』って被害者面で他の男の人に媚びれないじゃないですか」

「そう言われても……俺も、多分島中さんにすごく無礼だったからなあ」

冗談なのか本気なのかわからないことを言う島中に、垣内はやはり苦笑するしかなかった。

「俺は、島中さんも知ってるだろうけど、可愛いものが好きなんだよ。可愛いだけでいい。我慢して怒らないんじゃなくて、怒る理由がないんだ。失礼な話だろ」

「……」

島中が、もう一度大きすぎる溜息をついた。

「本当はさっさと会社辞めちゃおうかなって思ってたんですけど。場所を変えたところで、私の印象も、それを武器にして頑張っても望んだ相手に好かれない事実も、変わらないでしょう。

だったら二本木さん見習って、好きなようにやろうって、急に思いついちゃったんです」

「エンジニア？」

「ええ。性に合ってるし好きだから資格も取って就職したのに、理系の男って案外マッチョな人も多いんですよね、まあ私が可愛いせいなんだけど。女のくせに生意気だって陰に日向に言われ飽きたわ」

「そんなふうに見ない相手もいるよ」

「わかってますよ、私がそういうタイプをすすんで引き寄せてただけだって」

島中がうるさそうに垣内に言い返す。

「だから余計、もう無駄な努力をしないことにしたんです。この会社でエンジニアなら事務職の時より収入が増えるし、高給取りの結婚相手を探すよりも、自分が高給取りになろうって。それで他の人よりいい成績出したら、前の会社みたいにいびられるかもしれないけど、そうしたら二本木さんの真似するわ。あなたが無能なのと私が仕事出来るのは関係ないですって」

そう言い切る島中には、これから二本木と同様にたくさんの敵ができるかもしれないし、これまでの彼女の態度を知っている人たちが余計に反撥するかもしれない。

(そんなことをする相手が出てきたら、どうにか諌めるようにしよう)

垣内は自然とそう考えた。言えば彼女が嫌がりそうなので、内心で、こっそりと。

今の島中に、垣内は前には感じなかった好意を感じていた。もしかすると、自分は可愛いものと同じくらい、それ以上に、この手の我が道を征くタイプが好きなのかもしれない。

島中は言いたいことは言い終えたという様子で、休憩スペースから去っていった。その後ろ姿を見送りつつ、垣内はそれにしたって二本木の影響力はどうなんだと、呆れる気分で思った。

二本木の周囲の人たちが、彼に巻きこまれるように変わっていく。村西にしろ島中にしろ――垣内自身にしろ。すごいと評すべきなのかひどいと評すべきなのかはよくわからなかった。

ただ、おかげで垣内にとって社内の生活は以前より気楽になったことは確かだ。二本木バッシングの急先鋒だった村西が大人しくなったので、それに追従する者たちもわざわざ二本木に文句をつけなくなり、多分島中が同じ部署にいたとしても、以前のように悪目立ちをするような絡み方はしなかっただろう。

ある日垣内が仕事を終えてビルを出る時、村西と行き合った。村西から飲みに誘われた垣内は、さして迷うこともなく頷いた。せっかくいつもよりずっと早く帰れることになったのに、二本木は出張で帰りは夜中になる予定だったのだ。

それを契機のように、村西はちょくちょく垣内を食事や酒に誘うようになった。

「――で、島中さんに俺がセミナー出てるのを話したのが村西さんだったらしくて、結局今度の回はあの二人も行くことになってさ」

垣内の向かいで垣内の手料理を頬張りながら、二本木は「ふーん」とまったく興味のなさそうな相槌を打った。

村西の事実上の停戦の申し出についても、島中の変化についても、垣内はそうした方がいいんじゃないかと思うままに二本木に告げてある。そして垣内の予想通り、二本木はそのどちらに関してもやはり興味を示さなかった。

そもそも他人の思惑だの言動だのを気にしないのが二本木という男だ。村西がなぜ、島中がなぜ変化して、なぜ垣内にそれを示したのかなんてわからないだろうし、わかったところでそこに意味を見出す必要性を感じないのだろう。

（その辺りをもう少し理解してくれれば、あの二人も報われるのにな）

二本木だって少しは成長したはずなのだ。望みはないこともないだろう。

「何なら、二本木も一緒に来るか？　勉強会」

「行かねえよ」

二本木はにべもなく言って、空になった茶碗と箸をテーブルの上に置き、床から腰を浮かせた。そのままソファに移動して、浅く腰かけると、クッションに埋もれるように背中を預けている。二本木はここのところ出張続きで、今日も出先からそのまま垣内の部屋を訪れた。移動が多いせいで疲れているように見えた。

「ネットで情報集めりゃ足りる、わかんなけりゃフォーラムで聞く」

「そっか」

二本木はそう言うだろうとは思った。ソフトウェア開発の技術は日々変化していくが、学び方はそれぞれだ。垣内はたまにセミナーを受けて他の技術者がどういう環境でどういう商品を作っているのか情報交換をしつつ自分の仕事に生かすタイプだが、二本木は流行りを気にせずひたすら最新情報を追って、自ら新しい手法を試していくタイプだ。まったく交流しないというわけではなく、海外の技術者が集まるインターネットフォーラムに参加しているのだが、やり取りが高度すぎるから正直垣内はついていけない。

「大体次の土曜はまた出張だし」

二本木が欠伸混じりに言う。やはり疲れているようだ。垣内は自分も箸を置いて、テーブルの前から二本木の隣に移動した。

「風呂入れてやるから、ゆっくり浸かって来いよ。そのまま寝るより疲れが取れるぞ」

眠たそうな二本木がソファで寝入ってしまう前にと告げた垣内の方に、二本木の体が傾いてきた。肩に頭を乗せるように寄りかかられ、どう見たって甘えるような二本木の仕種に、垣内は軽く胸を締めつけられるような感触を味わう。

（可愛くなくて大きい生き物でも、甘えられるとキュンキュンするもんだなあ……）

ドナが自分の膝で寛いだり、餌をねだって足許にまとわりつく時に感じる気持ちと似ている。

垣内は堪らず二本木の頭を腕で抱き込んで、その髪に鼻面（はなづら）を埋めた。

「風呂入れてくれよ」

二本木も垣内の胴に腕を回しながら言った。風呂に湯を張るためにはソファを離れなければならないのに、垣内を離すまいとするような二本木の仕種にますます胸が高鳴る。見た目は全然可愛くないが、でも二本木は可愛い。方向性というか種類は違うが、ドナと同じくらい可愛い。

「――うん、お湯張ってくる、ちょっと待っててな」

「じゃなくて」

「え？」

「垣内が。俺を。風呂に入れる」

「何だ、そこまで疲れてるのか？　別にいいけど」

髪を洗ってやったり背中を流してやったりするくらい、苦ではない。というよりも、世話を焼くのが楽しいので、垣内にも望むところだ。

「もっと疲れることしようって誘ってんだよ」

「えっ」

ここに至って、垣内はようやく二本木の言わんとすることを理解した。要するに、風呂場でいちゃいちゃしようという提案だ。

「い、いいけど……でも二本木は早く寝た方がいいんじゃないのか？」

照れ隠し半分、二本木の体が心配なのが半分で、垣内は相手の頭を抱く腕の力を緩めながら答える。

「――村西さんたちとメシ行ったりセミナー行く暇はあるのに俺の面倒見る暇は惜しむのかよ」

「え⁉」

小声で何か聞こえた気がして、いや、しっかり全部の呟きを聞き取れたのだが、その内容に驚いて、垣内は声を上げた。

「いや、それとこれとは全然話が違うだろ」

慌てて二本木の顔を覗き込むと、そこはかとない仏頂面があった。二本木は垣内の言葉には答えず、ソファから立ち上がる。

「お湯入れるから」

「いい、シャワーで。めんどい」

二本木は少し前まで垣内に甘えていたことが夢か幻のように、ぶっきらぼうに告げると風呂場に向かっていった。

垣内はソファの上で呆気に取られる。

「いやいや、だから、おまえもセミナーに誘っただろって、俺は……」

以前、垣内がランジェリーパブに通っていることを知って、それを責めてきた二本木だ。そこの嬢に構う暇があったら俺に構えと。今さらそういう発言に驚くこともないのだろうが、たった今二人きりの時間を楽しんでいたつもりなのに、急に態度を翻されて、面喰らってしまう。

(でも、この間も、急に拗ねだしたことがあったよな)

俺は可愛くないからな、などと当たり前のことを言い出した時だ。

このまま放っておくのはよくない気がして、垣内が無理矢理にでも二本木の背中を流してやるかと立ち上がった時、廊下に繋がるドアの隙間から小さな影がリビングに忍び込んできた。

にゃーん、とか細く可愛らしい声がする。ドナだった。

「ドーナ。どうした、おなかすいたか?」

垣内は咄嗟にしゃがみ込み、ドナに両手を伸ばす。ドナは少し不満そうな低い声でもうひと鳴きしてから、とことこと垣内のそばに近づいてきた。二本木が風呂場に行ったので、今は安全だと判断したらしい。以前は二本木が部屋のどこかにいればほとんど寝室に立て籠もっていたのに、最近のドナは、二本木の気配が薄い時を見計って様子を見にくる素振りをする。よっぽど寂しいのか、二本木の存在にそこそこ慣れてきたのか、その両方か。

とにかく今は、二本木の姿がないところで、全力で垣内に甘えてきた。伸ばした手に顔を擦りつけ、指を甘噛みして、こてんと床に転がって思うさま垣内に目許や鼻面や喉を撫でさせたあと、起き上がって餌皿の方へ誘導するように歩いていく。

風呂場からは二本木がシャワーを使う音が響いていた。自分も二本木に続くつもりだったが、目の前のドナのおねだりには抗えない。大体、二本木が来るたびに寂しい思い、不愉快な思いをさせてしまっているのだ。ドナのことだって目一杯甘やかしてやりたかった。

「わかったわかった、ささみ食べような」

ドナはごちそうをねだって甘えた声を何度も上げている。垣内は猫用のおやつを取り出して、ドナの餌皿に出してやった。ドナはごろごろと喉を鳴らしながらおやつにかぶりついている。催促するように尻尾で脚を叩かれ、垣内はドナのそばにしゃがみ込んで彼女の背中を撫でた。食事の時に背中を撫でたり叩かれるのをドナは喜ぶ。

「ああ……うちの猫が今日も可愛い……」

垣内はポケットから携帯電話を取り出すと、餌を食べるドナの様子を何枚も写真に納めた。何度もシャッターを切っているうち、ドナが急に餌皿から顔を上げ、あっという間に居間から去っていく。

入れ替わりのように、タオル一枚を腰に巻き、髪から水滴を垂らした二本木が姿を見せた。相変わらずの烏の行水だ。

「おまえ、髪は拭いてから来いって言ってるだろ」

二本木は垣内の苦言を無視して、わずかに細めた目で、さっきまでドナがいた餌皿の辺りを眺めている。またドナに逃げられたことに傷ついているのだろうか。気の毒になって、垣内は携帯電話を手にしたまま立ち上がる。

「ほら、さっきのドナ。可愛いだろ」

ベストショットを選りすぐって見せてやるため、画像を表示した携帯電話を差し出す。二本木はそれを受け取ると、何を思ったかその画像を消して、代わりにカメラアプリを起動した。

「えっ、何——」

二本木はすばやく携帯電話を頭上にかかげ、セルフィーモードでぱしゃりと自分の写真を撮った。二本木の意図がわからず垣内がぽかんとしていると、二本木は携帯電話を投げて返してきた。垣内は慌ててそれを受け取る。

「待ち受けにしていいぞ」

そう言い放ち、二本木がキッチンの冷蔵庫に向かって、勝手に炭酸水のペットボトルを取り出して飲み始める。垣内は二本木のわけのわからない態度に戸惑いつつ、スムーズな仕種で写真を二本木用のフォルダに移動し、間違って削除しないようしっかり保護した。

「この角度だとほぼ全裸に見えるじゃないか、人に見られたら何ごとかと思われるって」

「じゃ、消せば？」

二本木が素っ気なく言う。ふざけているのか、機嫌が悪いのか、疲れているだけなのか、垣内にはどうも判断しかねた。

もう保護してる、と教える気はないので、垣内は二本木の言葉には応えず、ソファに座り直すと、ぽんぽんと自分の隣を叩いた。

「ほら、髪拭いてやるからこっち来い。あっちこっちに雫垂らすなよ」

「口うるさい」

言い返す二本木の声音は相変わらず素っ気ないが、垣内の口うるささを面白がっているふうに聞こえなくもない。垣内が黙ってもう一度ソファを叩くと、二本木が大人しく隣に座った。

垣内に髪を拭かれている間、二本木は何度も生あくびをしていた。

「やっぱり、ソファベッドにするか。疲れてる時はすぐに寝られる方が楽だろ？」

少し前から考えていたことだ。客用布団は相変わらず敷くタイミングが難しいし、二本木はしょっちゅう泊まりに来るから、ただ純粋に眠るという時だけでも（そんなことは滅多にないのだが）、クローゼットに収めた収納袋からいちいち出し入れするのが正直面倒臭い。いっそソファを買い換えて二人で横たわれる方が色々楽だ。――床で二本木に乗られたり乗ったりする時も、背中だの膝だのが痛くならずにすむし。

「猫が俺に馴れて寝室で寝られるようになったら無駄になる。むしろベッドのサイズを大きくしろ」

欠伸混じりに二本木が答えたかと思うと、急に振り向いて、正面から垣内の体に凭れてきた。組み伏せられる格好でラグの上に引っ繰り返り、垣内は慌ててドライヤーの電源を切った。

「ちょっ、待て、するなら俺だって風呂に入りたい――」

言いかけた途中で、二本木がぐったりと自分の上に体重を預けている様子に気付く。

その気になったわけではなく、眠気が限界なようだ。

「……寝るなら服を着ろ……」

言っても無駄だろうと思ったが、本当に無駄だった。二本木は垣内を抱き込んで寝返りをうち、もう寝息をたてている。やはり連続の出張がこたえているらしい。垣内は仕方なくソファに手を伸ばし、毛布を引っ張ると自分と二本木の体にかけた。風呂は朝入るしかない。

(忍耐力を試されている気もする)

押し倒された上に、相手はほぼ裸で密着していて、なのに眠っていて。

「俺が襲わない保証もないんだぞ……」

しかしすやすやと眠っている二本木の寝顔は、妙に可愛らしい。普段可愛くない男は、ちょっとしたことで可愛く見えるから始末が悪い。垣内はまだ少し湿っている二本木の髪を撫でてから、せめてもと相手の唇に自分の唇をつけた。

それから下着もつけていない二本木が風邪をひかないようエアコンの温度を上げてから、諦めて自分も眠ることにした。

3

遠方だが遠隔ではなく直接サービスを受けたがるクライアントに立て続けに当たっているらしく、二本木の出張はまだ続いた。あいつは最近運がないなと村西も同情するくらい、ひっきりなしにクライアントに呼び出されている。

その村西からは、また食事に誘われた。

それにしてもやけに誘いたがるなと思っていたのだが、何度目かで「垣内と島中さん、付き合ってるのか?」と探りを入れられた時は驚き、そして納得した。

島中は口ではどう言っても二本木ほど太い神経を持てないらしく、新しい部署でどことなく孤立しているのがストレスなようで、休憩の時などに垣内に愚痴を吐くことがあった。仕事に早く慣れるためにとセミナー以外の交流会にも連れ出したりして、いつの間にか彼女とは友人関係のような距離感になっていたのだ。

そんな島中をいつの間にか村西は憎からず思うようになり、垣内と親しく見えることを気にしているらしい。

「全然そういうのではないですよ。島中さんには、その気はないってはっきり言われてるし」

島中からは、せっかく腹を割って話せる相手ができたのにややこしいことになるのは嫌だから、お互い気の迷いがないようにしましょうと釘を刺されている。無論垣内にもその気がなかったので男女の関係にならないことは確約済みだが、周囲からそれを疑われていることは承知していた。村西も疑っているのだろう。

「大体俺、他に付き合ってる奴がいますから」

さすがに相手が誰だかは伝えられなかったが、垣内がそう言うと、村西はあっさり納得してくれた。少し羨ましげでもあった。

「おまえいつもやたら早く家に帰りたがるし、最近じゃランパブ通いもやめてるみたいだし、彼女とうまく行ってるんだな」

――入社以来常に帰宅を急いていたのはドナに会いたかったからだが、最近なるべく残業を回避しようと仕事に精を出しているのは二本木との時間を増やすためでもあるので、間違っていない。

「正直、少し前まで島中さんのことちょっと鬱陶しいなと思ってたんだけど。あからさまに二本木狙いだったろ、ミスも多かったし……でも部署異動してから人が違ったみたいに仕事してるしさ。セミナーで一緒になった時も、こう、キリッとしてて。自分よりキャリアある相手にも物怖じせずにどんどん話しかけてくところとか、何となく、気になって……」

照れたように打ち明ける村西の話に微笑みながら相槌を打ちつつ、垣内は、「この人ももしかしたらそもそも二本木と同じ我が道を征くタイプが好きなんじゃないだろうか」と察した。

癇に障ったのはそのせいもあるのではないだろうか。女性版二本木に近づきつつある島中を好ましく思うのであれば、障害は『男だった』という部分かもしれないから、村西が二本木の方にそういう意味での興味を持つことはないだろう。

（って安心するとか、俺も本当に小さいなあ）

島中は島中で二本木タイプが好みというのなら、彼に反撥していた村西に好感を持つのは困難ではないだろうか――と思っていたが、垣内が場を設けて改めて二人を引き合わせてみたら、案外話が合っていた。

話題は主に二本木のことで、垣内はどうも居心地が悪かったが、二人が段々いい雰囲気になっていくのは、何となく嬉しかった。

「――で、村西さんと島中さん、試しにしばらく二人であちこち出掛けてみることにしたんだってさ」

週末、マンションにやってきた二本木を少し驚かせるつもりで垣内は言ったが、二本木は「ふーん」とまたあまり興味なさそうに相槌を打っただけだった。自分にはまったく関わりのない話題だと思っているのだろう。

（二本木の話題で意気投合したとか、本人には言えないよな）

しかもほとんどが悪口だ。いや、二人とも公正に二本木を評価しているのだが、協調性がないとか知識のない相手に思い遣りがないとか、結果的に悪口になってしまうのだ。

それでも「最近は仕事をしやすくなった」「前のことを全然引き摺らないから遺恨なく接することができて気楽だ」とポジティブな意見も出てきて、垣内はほっとした。誰かと衝突しようと、感情的には一切引き摺らずにいられるのが二本木の美徳だ。

（でもそれは、個人に興味がないってことの裏返しでもあるんだよなあ）

相変わらず出張疲れなのか、ソファに凭れたまま口数の少ない二本木を隣から眺め、垣内はそう考察する。

（今は社内の雰囲気も悪くないんだし、別にいいのか）

二本木の言動に垣内も、他の社員たちもピリピリしていた毎日が嘘のようだ。これも少なからず俺の情操教育のおかげだろうかと、垣内はこっそり自画自賛したくなる。

そんな垣内の隣で二本木は大人しかった。小さく頭が揺れている。眠たくてうつらうつらしているようだ。出張で飛び回る二本木を労うために、さっきまで彼の好物をテーブルに並べてもてなしていた。腹がくちくなって眠気に抗えないふうだ。

ソファに深く凭れながら自分の方にも体重を預けてくる二本木の頭を、垣内はよしよしと撫でてやった。もう夜遅く、垣内も眠気に襲われてくる。寝入る前に布団を敷かねば、と思いつつ二本木と寄り添っているのが心地好く、動けずにいるうちに、細く開けてあるリビングのドアが小さく動いた。

ドナが、警戒心を露わにしながらも、ゆっくりとリビングの——二本木がいる部屋の中へと、入ろうとしている。

「……！」

咄嗟に隣を窺うと、二本木はもう完全に目を閉じていた。

起こすかどうか一瞬迷う。だが多分、ドナは二本木が眠って気配が薄くなったから姿を見せたのだ。起こせば逃げるだけだろう。

ドナは二本木に目を釘付けにしつつ、少しへっぴり腰で居間を横切り、ゆっくりゆっくりとシンクのそばに置いてある餌皿に近づいた。ソファからは数メートルの距離。垣内が固唾を呑んで見守っているうち、ドナは固形の餌を少し食べ、水を飲んでから、鳴き声も立てずに素早くリビングを出て行った。

彼女の尻尾がドアの向こうに消えたあと、垣内は詰めていた息を吐き出した。

「う……ん……」

そのタイミングで二本木が微かな唸り声を立てる。そばにいても聞こえるか聞こえないかの寝言だったが、ドナがいる時だったら、きっと彼女は逃げ出していただろう。

（何だかいろいろいい方向に向いてる気がする）

ドナは可愛いし、二本木は可愛いし、村西と島中はうまくいきそうだし。

明るい気分で、垣内は二本木のでかい体をきちんと布団で寝かせてやるため、相手を起こさないようそっとソファから立ち上がった。

◇◇◇

二本木の出張地獄はひとまず収束したらしく、垣内はひさびさに弁当を作って社の屋上で一緒にそれを食べた。

「どうしても別の会社に発注したアプリをそのまま使いたいっていうんだけど、構造が滅茶苦茶すぎるし古すぎるし重すぎるから結局俺が一から組み直してやったうえに懇切丁寧なマニュアルも作ったのに、元の死ぬほどダサいＵＩじゃないと使えないとか言うから、呪いながら利便性もデザイン性も殺して元に戻してやったわ……」

日頃忌憚ない意見は口にしても仕事に対する愚痴を滅多に吐かない二本木が恨みがましく言っていたので、よほど今回の仕事が不満だったのだろう。

「仕様変更料がプラスされた請求書を見て心臓が止まらなけりゃいいけどな」

「お、お疲れ。唐揚げもうひとつ食べるか？」

「食べる」

垣内は自分の分を相手の弁当箱に移そうとしたが、二本木が口を開けて待っているのを見て、箸で摘まんだそれを唇の中に押し込んでやった。誰も見てないから恥ずかしくない大丈夫だ、と心の中で呪文のように唱えつつ。

「しばらくは都内の案件だけになるといいな」

「まったくだ。あと保守じゃなくて開発回せって課長にねじ込んできた、適材適所ってもんを考えろと。他人の作ったアホみたいな処理見てたら知能が下がりそうだ」

「唐揚げ、まだあるぞ」

「ん」

また二本木が当然の態度で口を開け、垣内は最後の唐揚げもそこに押し込む。二本木はひとしきり悪態をつきながら好物で揃えた弁当をほぼ垣内の分まで平らげて満足したのか、弁当箱のふたを閉める頃にはずっと刻まれていた眉間の皺が薄くなっていた。

「そうだ垣内、前に行った日本酒バル、また行かないか。うまい日本酒が飲みたい」

「ああ、利き酒したとこ？　そうだな、行くか」

「明日とか。金曜だし、しこたま飲む」

「あ、悪い、明日は駄目だ。村西さんと島中さんと先約がある」

「は？」

問い返した二本木の声音があまりに尖っていたせいで、垣内は驚いて彼を見返した。

二本木は絵に描いたような仏頂面をしている。

「何だそれ」

「いや、多分、二人が正式に付き合うって報告なんじゃないかと思うんだけど」

二本木が訊ねているのはそういう意味ではない気もしたのだが、他に答えようもなく、垣内はそう言った。二本木がますます面白くなさそうな表情になる。

「どうして垣内に報告なんかする必要があるんだよ」

「そりゃあ、俺がどっちからも相談……ってほど大袈裟じゃないけど話し相手になったり、二人が会えるようにセッティングしたからじゃないか？」

「別に誰と誰が付き合いますなんて声高に宣言するものでもないだろ。それとも俺とおまえがヤッてますってことも、社内報で記事にでもしてもらうか？」

「何言ってんだおまえ」

困惑している垣内の様子に、二本木が急に気付いたような顔になった。

「……ん？　本当に何言ってんだ、俺は？」

二本木まで自分で首を捻っている。

「まだ疲れてるんじゃないか。珍しくストレス溜まってるみたいだし」

「そうかも。ストレスとか溜めたことないから、よくわからないけど」

宥めるように、垣内は二本木の背中を叩いた。

「明日のことは悪い、それほど遅くはならないだろうから、帰る時に連絡する。今週は土曜の出張ないんだろ、食べたいものがあったら作ってやるよ」

「ああ」

二本木が微かに笑って頷くので、垣内は安堵したうえにその表情にみとれた。その隙に二本木の顔が近づいてくる。誰かがドアの向こうからやってくる気配がないかと聴覚を研ぎ澄ませつつ、垣内は素直に目を閉じた。

一瞬触れ合ってすぐに離れるつもりが、しかし自分からも近づけた体を離そうとする垣内の背中に二本木が片腕を回したので、動けなかった。

「……んっ？」

二本木はもう一方の手で垣内の顎を掴み、軽く驚いている間に唇を舌で割ろうとしてくる。

「おいっ、会社だぞ」

軽いスキンシップ程度ならともかく、二本木はやけに力強く抱き締めてきて、触れる以上のキスを試みている。人目がなかろうが、垣内の倫理観は抵抗を感じた。しかも休憩中とはいえ、勤務時間内だ。

垣内は拒もうとするのに、二本木は強引にキスを続けた。顎を掴む指で無理に口を開かされ、これじゃまるで俺に薬を飲まされる時のドナじゃないかと思う。顎のつけ根を押さえ込んでこじ開けた口に、有無を言わせず薬をねじ込むのだ。

「こら！」

垣内も力尽くで二本木の胸を押し遣り、あまり手加減のない強さで、二本木の額を引っぱたく。

「痛えな」

「こっちの台詞だ、馬鹿。——前に俺、言わなかったか、こういうの一方的にするなって」

二本木は再び仏頂面に戻っている。

「今する流れだっただろうが。嫌がってなかっただろ、垣内も」

「挨拶程度だと思うだろ、何本気でやってるんだよ」

「本気出したらこんなもんじゃないっての」

「威張るな」

もう一度、垣内は二本木の額を小突く。二本木が垣内を睨んできた。

「垣内は俺に触られるのが嫌なわけ？」

極端な質問を投げられて、垣内も相手を睨み返す。だが、本気で腹を立てているということもない。

「場所と場合によるって言ってるんだよ。——二本木はもしかして、最近あんまりうちに来られなくて、来ても疲れてそのまま寝ちゃうから、色々……その、不満を溜めてるのかもしれないけど」

二本木がこんな行為に及んだ理由に、多少察しはついたのだ。付き合うようになってから、二本木が垣内の部屋に泊まるたび、当然のようにセックスに至った。しかしここのところ、せいぜいキスや触り合いだけで終わり、それすらもなく二本木が寝入ることもあったので、つまりはまあそういう部分でも欲求不満が募っているのだろう。

「……言っておくけどな、自分ばっかりだと思うなよ。俺は自分の部屋だったら、全然拒まないっていうか……歓迎するし」

なかなか恥ずかしいことを口にしているせいで、自分が赤くなっていることを垣内は意識せずにはいられなかった。しかしこういうことはきちんと言葉にしておいた方がいい気がする。それでも二本木の顔を見たまま言うのは照れ臭すぎて目を伏せていた垣内は、額に軽い衝撃を感じて目を上げた。今度は二本木に叩かれたらしい。

「俺が叩かれるところじゃないだろ、今」

垣内の抗議を聞き流し、二本木が空になった弁当箱を片づけている。垣内もそれに倣った。

そろそろ休憩を終える時間だ。

「だったら他の奴との約束なんて適当な理由つけて放っておきゃいいのに」

「いや、あのな——」

まだ不平を漏らす相手に垣内が言い返す前に、二本木が立ち上がって肩を竦めた。

「わかってるっての。約束破るのは人としてどうかしてるっていうんだろ。せいぜいさっさと切り上げて連絡寄越せよ」

それだけ言って、二本木が弁当箱を垣内の手に押しつけ、先に屋上を出て行く。

「……また好物でも作ってやるか……」

二本木はやはりよほど疲弊(ひへい)しているのだろう。土日は何の予定もないし、垣内は部屋でこれでもかと彼をもてなして、癒(い)やしてやることにした。

遅くはならないつもりだったのだが、普段の数倍テンションの高い村西に引き留められて、なかなか席を立つことができなかった。
村西と島中はやはり正式に恋人同士として付き合うことにしたらしく、そこに至れたのも垣内のおかげだからと、さんざん酒をすすめられた。
「すみません、村西さん浮かれちゃって」
村西の方が先に酔い潰れたところで、ようやくお開きになった。島中は酒に強いらしく極めて冷静な態度を貫(つらぬ)いていたが、村西の態度について彼女が謝罪するくらいなのだから、意識はもうしっかり恋人なのだろう。それに気付いて垣内はほっとした。あまりに村西の方が嬉しげだったので、島中の気持ちがいまいち読めなかったのだ。

「変わってますよね、この人。私は全然前みたいに可愛い態度でも喋り方でもないのに、その方がいいとか」

「いや、島中さんは可愛いよ」

タクシーを待つ間にそんな会話を交わしていると、酔っ払って垣内に腕を担がれている村西が呻いた。

「おまえ……人の彼女口説いてんじゃねえぞ……」

「俺も家に可愛い恋人が来るので、帰ります。今日はご馳走様でした」

先にタクシーに乗り込み、今日は奢ると言って聞かなかった二人に礼を言って、垣内は家路に就いた。車中で二本木の携帯電話に今から帰るとメッセージを入れてみたが、マンションに辿り着くまでに返事はなかった。酒が飲みたそうだったので、一人で飲みに出掛けているのかもしれない。

(今晩のうちにいろいろ料理を仕込んでおこうかな……)

村西と島中の前途に思いを馳せて、酔いも手伝って楽しい気分で部屋に入ると、ドナが玄関先まで出迎えてくれていた。いつものように、垣内の帰宅が嬉しいのと、不在が寂しいのが混じった声音で可愛らしく鳴き声を上げている。

「ただいま、ドナ」

にゃーん、と甘えた声を繰り返す猫を抱え上げて居間に向かった。ドナと一緒にソファに座る。

「おまえも、そろそろ二本木にひと撫でくらいさせてやってくれよ」

二本木と一緒に帰ってきた時は、ドナは絶対に出迎えてくれない。しかし二本木が危害を加える相手ではないと認識し始めてはいるようなので、もう少し歩み寄ってほしかった。

「二本木だって日々成長してるんだ。村西さんとか他の人ともちゃんとやれてるし、くたくたになるまで出張頑張ってたし、ご褒美をあげたっていいだろ？」

懇々と諭す垣内の言葉が通じたかのように、ドナがまた可愛い鳴き声を上げた。

「そうかそうか、撫でさせてくれるか。ドナはいい子だなあ……」

ドナの柔らかい毛並みに顔を埋めていたら、インターホンからチャイムの音が響いた。

「あれ、二本木か？」

携帯電話に送ったメッセージの返事はなかったが、直接ここに来たのだろうか。エントランスと部屋の鍵は渡してある。もう夜の十一時を回っていて、こんな時間にチャイムを鳴らす相手に他の心当たりがなかったので、垣内はドナをそっとソファに置いて玄関に向かった。ドアレンズから確認するとやはり二本木だったので、鍵を開けてドアを開く。

「いらっしゃい」

「……おう」

うわ、と声に出すのを垣内はようやく堪えた。未だスーツ姿の二本木はやはり酒を飲んでいたようで、強いアルコールの匂いが漂っている。顔も真っ赤で、靴を脱ぎ廊下を歩く足取りがどうも覚束ない。

「ずいぶん飲んだなあ。水持ってくるから、座ってろよ」

　そう言いながらＬＤＫに続くドアを大きく開いた垣内は、未だソファにドナがいるのを見て、目を見開いた。

「二本木っ、ほら」

　極力小声で二本木に呼びかけるが、酔っている二本木は「ああ？」と不審そうな声を上げ、その声に怯えたようにドナは素早く垣内と二本木の間を擦り抜け、寝室に逃げ去ってしまった。

「ああー、今、せっかくドナがいたのに。勿体ない」

「牛がどうした……」

「何の話だよ、ドナドナじゃなくてドナだよ」

　二本木は見た目以上に泥酔しているらしい。この状態でよくうちまで来られたなと感心しながら、半ば引き摺るようにソファに連れていって、どうにかそこに座らせる。

「ほら、水」

　垣内はミネラルウォーターのペットボトルを手渡してやるが、二本木は受け取っただけで蓋を開けようともしない。仕方なく、垣内は蓋を開けてから、目を瞑ってソファに凭れる二本木の手に再び水を握らせた。二本木はどうにかペットボトルを口に当てるが、ほとんど飲めずにぼたぼたと水を零(こぼ)している。

「あぁー、もう……」

垣内が再び二本木の手からペットボトルを取り上げようとした時、逆に、その手を掴まれた。何だ何だ、と思っている間に体に冷たさを感じ、ペットボトルの水が零れて服にぶちまけられたのだと気付いた頃には、背中に床のラグが当たり、酒臭い二本木に上からのしかかられていた。

「おまえどれだけ酔っ払ってるんだよ。ちょっと退(ど)けって、拭(ふ)かないと」

とにかくお互い着替えなくては風邪をひく。垣内は二本木の下でもがくが、うまく抜け出せない。

「おい、寝るなら布団敷く間ソファの上で寝てていいから――」

さっきから二本木の髪が頬や首筋に当たってこそばゆい。たまらず身動(みじろ)ぎかけた垣内は、今度は生温かい感触を喉の辺りに覚えて体を強張(こわば)らせた。

酔っ払って寝惚(ねぼ)けていると思っていたが、二本木は垣内の喉元や首筋を舌でなぞり、歯を立てながら、ネクタイに手を掛けている。

「ちょっと、待てって」

挨拶もなく押し倒される謂(い)われはない。水は冷たいし、二本木の仕種は乱暴で、垣内は不快な気分になった。不快というより、何だか怖い。前にも一方的に上着を脱がされたり、一方的にキスされたことはあったが、その時と様子が違う。二本木は笑いもせず無言で垣内の服をむしり取るように脱がしていって、唇や指で荒っぽく肌に触れてくる。

腹の立つことに、そんなやり方が嫌だと思っていても、二本木に触れられると垣内の体は性感を呼び起こされていちいち震える。自分をこんなふうに扱う二本木にも、あっさり気持ちよくなる自分にも嫌気が差して、相手の指がベルトに掛かった時、耐えきれず力一杯その側頭部(そくとうぶ)を拳(こぶし)で殴りつけた。

「痛(い)って……！」

さすがに二本木の動きが止まり、垣内の体を押さえつけていた腕の力が緩(ゆる)んだ。垣内は二本木を突き飛ばすように、その体の下から這い出る。

「何で殴るんだよ！」

「何でってのはこっちの台詞(セリフ)だ！」

同じようなやり取りを、たしか昨日の昼にもした気がする。そういえば二本木はあの時から充分おかしかった。単に出張疲れのせいではなかったのではと、垣内は今になってようやく思い至った。

「人目がなけりゃ何やってもいいって言っただろ」

「何やってもなんて言ってない、どう解釈したらそうなるんだ」

垣内は立ち上がり、不貞腐れた顔で片膝を立てて座る二本木を見下ろした。

「そもそも何をそんなに苛々してるんだよ、二本木は。来るなりこれってあんまりだろ、ちゃんと話せ」

酔っぱらいにどこまで話が通じるかわからなかったが、垣内はじゃあとりあえず眠ってから釈明(しゃくめい)をなどと言ってやる気が起きなかった。腹立たしいという以上に、今きちんと二本木の意図を聞かなければいけないと思ったのだ。

「俺は二本木が気に喰わないようなことをしたか?」

こんなことを二本木に訊ねる自分が垣内には不思議だ。こんなことを二本木が訊ねられることが、というか。この男は感情的に気に喰わないという理由で他人を攻撃したりしない。そのうえ自分の思い通りにさせようなど考えない——はずだった。少なくとも垣内はそう認識していた。なぜなら不都合があればその場で口にするからだ。たとえ相手が上司だろうと、クライアントだろうと。

(でもてっきり、そういう二本木の気質を上回るくらい無茶な要求をするクライアントがいたから、余計に出張の疲れを溜めてたんだと思ってたけど……)

二本木が普段仕事の愚痴を言わないのは、最終的にすべて自分の要求を通しているからだ。相手が上客だろうと関係ない。とはいえある程度相手の要望を汲(く)むところから仕事を始めるので、クライアントに対する軋轢(あつれき)が生まれることもそうそうなかったはずなのだが。

「話してた以上に、出張しんどかったのか?」

だとしたら少しは同情の余地がある気がして、垣内は二本木の向かいにしゃがんだ。表情を見て内心を測ろうと試みるが、二本木は垣内から顔を背けてしまっている。

「――あそこまで無駄としか思えない要望出してくる客も珍しくて、俺の提案の方が絶対いいってわかってたから、いつもみたいに強引に納得させようと思ってたんだけど……」

客の要望通りの商品を作ることが垣内たちの仕事だが、二本木は「こっちの方が絶対に効率がいいし業績が上がる、もしくはコストが削れる」と確信している場合、相手がそれを理解納得するまで、本人の言うとおり強引な営業力で説き伏せようとする。うまく行かずに相手を怒らせることもあるが、絶大な信頼を寄せられて新しい仕事に繋がることもあるから、会社側も二本木のやり方にあまり文句を言えずにいる（やり過ぎて始末書を書かされたこともあるらしいが）。

「でも、昔どおりじゃないと仕事がし辛いとか、変わるのが嫌だとか言われたら、そういう気持ちも多少は考えなくちゃいけないいんじゃとか、急に思えてきて」

「……」

「絶対この方がいい、ってわかってるのを曲げて相手の希望にそれなりに添うようにしても、あれが違うこれが違うってうるさくて、『でも二本木さんが考えてくれてるのもわかるから』とかまた向こうが中途半端にこっちの意見を取り入れるふりをするから、全然仕事が終わらないし」

「……そうか……」

　これも、情操教育の賜か。いや、弊害と言うべきか。二本木が今までになく『相手の気持ち』を考慮するようになったせいで、いつもより仕事が長引いた上に、ストレスを感じていたらしい。

「疲弊して帰ってくれれば、垣内は村西さんだの島中さんだのと楽しくやってるみたいだし」

「――」

「やっと面倒な仕事終えて出張も当分なくなりそうで、これで心置きなく垣内とやれるって思ってたのに、また俺以外の奴と出かけるとか言い出すし」

「い、いや、だから、言い方ってものをだな」

　やれる、などと品のない表現につい苦言を呈しかけたが、垣内は一度口を噤み、まじまじと二本木をみつめた。

　要するに二本木の様子がおかしいのは、慣れない仕事のやり方に対するストレスと、村西や島中に対するやきもちだ。

（子供か）

　そんなことは、遅くとも中学生とか、思春期の頃に味わう困難な気がする。二本木はこれまで本当に何もかも自分の思い通りに生きてきたのだろう。

　そして唯一思い通りにいかないのが垣内で、垣内の影響があって、仕事の方まで混乱しているらしい。

(ここで俺が喜んでいいものなんだろうか……)

二本木の変化を、村西をはじめ会社の人間はポジティブな方向で受け止めている。二本木が褒められれば垣内も嬉しく、その変化が、二本木の自分に対する好意から生まれているのだと思えば、嬉しい。それに、嫉妬されることが単純に嬉しい。

かといって、こんなふうに扱われることを了承するわけにもいかない。

「あのな、俺だって、勿論二本木だって、二人だけで生きてるわけじゃないってことくらいは、わざわざ言わなくてもわかるだろ?」

「知るか」

諭すように言った垣内の言葉を、二本木は一刀両断にした。垣内は頭が痛んだ。

「嫌なもんは嫌だ。俺を一番に優先しろ」

「子供みたいなこと言うなよ」

「できないって言うなら、垣内と、あと猫をここに閉じ込めてやる。俺の稼ぎでおまえたちくらい喰わせられる」

監禁してやる、とまで言われて、垣内は愚かにも一瞬喜んでしまった。そこまで大事にされているのなら——と思いかけてから、いやこれは全然大事にはされていないし、実行されては怖いし、それ以前に人として駄目だろうとまた頭が痛くなる。

「前にも話しただろ。俺はおまえの都合のいい玩具でも、言うこと聞く犬でもないんだ。同意も得ずにキスするどころか、押し倒すとか、強姦と変わらない。監禁は犯罪だ」

「知るか」

「知るかじゃなくて、ちゃんと考えてくれよ。おまえがそういう態度取り続けたらおまえのこと嫌いになるかもってことも、前に言ったよな。それが現実になるかもしれないぞ？」

「脅すのかよ」

「これが脅しになるっていうなら、もう少しこっちの気持ちも尊重してくれって言ってるんだよ」

「……どうせ、おまえは可愛いものばっかり好きだからな。俺は可愛くないだろ」

顔を逸らしたままぼそぼそと言われて、垣内は絶句した。

以前も同じことを言われたが、あの時は可愛いものを好きな垣内をからかう調子だった。

だが今は、明らかに、どう聞いたって、本気だ。本気で拗ねて、卑下している。自分に自信をなくしている。この、二本木が。

初めて見る弱気とも言える二本木の様子に、ときめいている場合ではない。

どうも自分の気持ちがうまく二本木に伝わっていないのがそもそもの問題ではと気付いて、垣内は床に投げ出された二本木の片手にそっと触れた。

「そりゃあ、おまえはでかい男で、どっちかっていうと恰好いいけど、俺には最近二本木も可愛く見えるぞ？」

「本当、おまえは俺の機嫌を取るよな」

二本木は横を向いたままだ。全然信じてもらえない。そういう、拗ねた態度すら可愛く見えているることを、どう伝えたら通じるのだろう。

「島中さんなんて、垣内の理想だろ、あれ。小さくて何かふにゃふにゃしてるし」

「見た目ではそうだけど。そんなの、見た目の好みで言ったら猫としか付き合えないぞ、俺」

「じゃあドナと結婚でもしろよ」

「無茶を言うなよ」

「――あー、嫌だ」

唐突に投げ遣りに言って、二本木が後ろ向きに床の上に引っ繰り返った。

「何だ、このやり取り。クソみたいだな、面倒臭い。もうやめだ、やめ。いい歳してやる問答じゃねえだろ」

そりゃそうだ、と思いつつ、垣内まで投げ出すわけにはいかなかった。

（大体、こいつの情緒が小学五年生くらいだってわかってたのに、だからこそもう少し大人にしようと頑張ってきたのに、俺が村西さんや島中さんと親しくしておきながら、二本木に何のフォローも入れないのは、失敗だった）

ようやくそれにも思い至り、垣内は深く反省した。

二本木があまりに他人に興味のない素振りをするものだから、さほど気にしていなかったのだ。

（でも二本木は、俺のことは気になるって言ってたんだったよ）

当たり前のことを失念していた。そもそも、二本木の変化はそこから始まっていたのに。

「あのな、二本木」

垣内はそろそろと、引っ繰り返っている二本木の体に覆い被さるようにしてその顔を上から覗き込んだ。二本木はまた顔を背けたうえに、片手の甲で目許を隠してしまっている。まだ酒臭いが、二本木が完全に酔っ払ってしまっているわけではないことは、垣内にもわかった。酔いに任せて本音が止められなくなっているだけで、思ってもいないことを口にしているわけではない。

「俺は二本木が一番好きだよ。一番っていうか、二本木の他に好きな人はいない」

真摯に告げると、もう何も言うものかと決意するようにぐっと引き結ばれていた二本木の唇が、わずかに緩んだ。

「……猫が一番だろ、おまえは」

「人間の中では二本木が一番だ。ドナのことは世界一愛してるけど」

「……まあ、ドナには負けるか……」

どうして猫より劣ると告げたのにそうなるのかはわからなかったが、二本木の態度が垣内には少し和(やわ)らいで見えた。しかし相変わらず垣内を見ないままだ。

「自分でもどうかしてるって思うけど、本当に、最近たまに二本木を心底可愛いって思うよ」

「目が腐ってんじゃねえか」

「恰好いいし、尊敬もしてる。おまえ、俺がどんなにおまえのこと羨(うらや)んでたか、考えたこともないだろ」

目許を覆う手を退(ど)かそうと試(こころ)みたら、思いのほかあっさりと叶った。まだ頑固に瞼(まぶた)を下ろしたままの二本木の目許に、音を立てて唇をつけてみる。二本木の口許がさらに緩むのが視界の端に映った。

「ちゃんと人のことを考えて仕事に生かせるようになった二本木は凄(すご)いと思う」

「おまえのご機嫌取りだよ、俺も」

素っ気なく言う二本木の唇にも、垣内はキスを落とす。

「それでもいいだろ。結果的に軋轢が減るなら。おまえはものすごく極端だけど、誰だって周りの人全員のことを平等に思い遣ってるわけじゃないだろうし。俺も、何かあれば二本木の気持ちを優先する」

「俺の誘い蹴(け)って、村西さんたちと飲みに行ったくせに」

「先約は先約だ。生死に関わらない限り約束は守るべきだろ。そこはおまえも守れよ。——あとな、話聞いてて思ったけど、顧客(こきゃく)に対して親身になるのは大事だろうけど、変えるのは態度であって仕事内容じゃないんじゃないか。二本木がこうした方がいいって思ったことは、前みたいに我を通していいところだと思う。それを相手に納得させるための説明とか、アプローチの仕方を考慮するのはありだけど」

「……面倒臭い。ややこしい」

垣内はまた投げ遣りになりかける二本木の両方の手首を摑んで、頭の上で押さえ込んだ。上から二本木を見下ろすのは、なかなかいい眺めだ。

「まあちょっとずつな。俺だって偉そうに二本木に説教しておいて、考えが足らずに不安にさせて悪かった。……ごめんな？」

もう一度、さっきよりも丁寧に二本木の唇に唇を押しつける。酒臭い唇を舐め、中に舌を差し入れると、二本木の方も同じ動きを返してきた。

（この体勢は、本当にいい）

熱心な接吻けを施しつつ、垣内は胸を高鳴らせた。いつも二本木にのしかかられてばかりで、それに不満はなかったが、自分から相手を組み伏せるのはなかなか気分がいい。

零した水のせいで湿った上着を脱ぎ捨て、二本木の上着も剝ぎ取る。さっき二本木にそうされたように、その時の仕種よりも大分丁寧に、相手の首筋や喉にも舌を這わせていった。飲んで体が温まっているせいか、二本木からはアルコールの他に、ほのかに汗の匂いもした。それで垣内はもっと陶酔する。

衝動に任せて二本木の頬を両手で包んでさらに深い接吻けを試みてから、ネクタイとシャツも脱がせて胸や腹を舐め、歯を立て、二本木が微かに体を震わせる様子を楽しむ。臍や腰骨まで舌で嬲りながら、ベルトを外して、ズボンの前を開き、下着の中に手を差し入れてみると、二本木の中心はもう随分固くなっている。

嬉しくなって、垣内は身動いで、それと対面するように二本木の脚に跨がった。そういえば自分もそこそこ飲んでいたことを思い出す。いつもは感じる恥ずかしさがあまりない。ためらいもなく二本木の性器の根元を掴み、そこに頭を伏せる。形を確かめるように舌を這わせた。

「ん」

二本木が小さく声を漏らすのを聞いてますます嬉しくなった。猫みたいに何度も茎を舐める。そのたび二本木の性器は大きく、固くなっていく。舐めるだけでは収まらなくなって、垣内は二本木のものを口に含んだ。大きくて、全部を呑み込むことはできない。先端を唇に含み、張り出した部分を擦るように、水音を立てながら出し入れしてみる。いつもは二本木が垣内に対してする行為だ。垣内は口淫が技術的にというより心情的に苦手で、二本木にせがまれてもいつもおざなりにしかできなかった。今はもっと積極的に咥えて、舐めて、擦って、二本木を気持ちよくしてやりたい欲求が勝った。

口中で二本木の熱を、脈動を感じ、気持ちよさそうな溜息を聞いてさらに気を昂ぶらせていたが、夢中でそれを貪る途中で出し抜けに頭を掴まれ、口中から引き摺り出されて、垣内は眉

を顰めた。

「何だよ――」

「駄目だ。やらしい垣内見てるのも面白いけど、どうも落ち着かない」

そう言うと、二本木が起き上がりながら垣内の体を押してくる。やたら興奮していた垣内は不意打ちに抗うことができず、呆気なく床の上に転がった。二本木がそれにのしかかってきて、さっきとすっかり位置が逆転してしまう。

「こういう時はご奉仕されるよりする方が好きなんだ、俺は多分」

二本木が垣内のネクタイを外し、シャツを剝ぎ取っていく。垣内は大仰に眉を顰めつつ、二本木を組み敷いている時と同じくらい胸を高鳴らせた。

「垣内も多分、こういう時はもてなすよりもてなされる方が好きだろ」

「そんなことない、俺だってちゃんとサービスしたりだとか――」

言い返そうとした唇を、二本木に塞がれた。熱心という以上に荒っぽい仕種で口中を探られるが、今度は嫌ではなかった。もう垣内もそうされることを充分すぎるほど望んでいる。

だが二本木の動きが強引すぎて、途中からはされるままになってしまった。口を開いているだけで精一杯だ。舌を吸われ、口中の奥まで探られ、飲み込み切れない互いの唾液のせいで溺れそうになる。

苦しくて喘いでいる間に、二本木の手は垣内の体のあちこちを撫でていた。最近弱くなっている乳首を強く摘まれて、甘ったるく上擦った声が漏れる。反応に気付いた二本木が面白がって、そこに今度は歯を立て、強く吸い上げてくる。

「あっ……、あ、……痛い、馬鹿……ッ」

きつく噛まれて泣き声が洩れた。責めているつもりなのにどう聞いても垣内の声はやはり甘く、二本木の動きがさらに執拗になる。

二本木はしばらくご無沙汰だったおかげか動きに容赦がない。いつもそれほど丁寧というわけでもないが、今日は動きと動きの間に息をつく暇も与えてもらえない。胸を吸われて震えたのと同時に、腰の辺りを撫でられてまた濡れた声が出る。あちらこちらを休む間もなく弄られ、止まることなく高められて、気付いた時には潤滑剤でたっぷり濡らされた二本木の指が体の奥深くに侵入していた。

性急な動きだったが、二本木が一刻も早くそこに入りたいと仕種で訴えるのを見て、垣内は止める気がまったく起きなかった。垣内だって同じ気持ちだ。早く二本木と繋がりたい。二本木は垣内の中を指で広げたり撫でたりしながら、張り詰めて先走りを零しっぱなしの茎も掌で擦り続けている。あやうく達してしまいそうになり、垣内は前を弄る二本木の手を押さえた。

「も……いい、から。もう、充分……」

ねだるようなことを口走るのは醒めない酔いのせいにしてしまう。二本木にはそれをネタにからかわれるかもしれないが、朝になったら忘れたふりをすればいい。そう考えたら垣内はさらに恥を忘れて、開かされていた脚を自分からもっと開き、中に潜り込んでいた二本木の指ももどかしい仕種で抜き出させた。

「……おまえ、可愛いってのは、こういうのを言うんだろ」

耳許で押し殺したような二本木の声が聞こえる。怒っているのか笑っているのかわからない声音だ。またキスされて、両手で腰を摑まれる。脚の間、濡れそぼった窄まりに、固く張り詰めた二本木の先端が宛がわれる。

入り込む二本木の動きは案外紳士的だった。ゆっくり、ゆっくりと、垣内を傷つけないよう丁寧に肉を掻き分けて奥へと進んでくる。

「ん……、……ん、……く……」

押し広げられる感覚に、垣内は堪らず声の混じった吐息を漏らした。じわじわと、二本木と繫がったところから快楽が拡がる。

最初の頃は辛かった挿入は、回を重ねるにつれ容易く快感を摑まえられるようになった。今ではセックスの時にこの場所が満たされないことなんて考えられない。この関係で一番変わったのは、二本木の情緒ではなく自分の体なのではと垣内は思う。

「……ぁ……っ、ん、あ……」

ゆるゆると、二本木は垣内の腰を摑んだまま深いところで中を擦ってきた。丁寧すぎてもどかしい——と口にするまでは正気を失うことはできなかった。もどかしいのも気持ちいい。垣内は二本木の指を上から押さえ、自分でも腰を揺らした。目を閉じて快感を追う。開きっぱなしの唇からは絶え間なく小さな声が漏れた。自分の甘い声に自分で煽られる。

「すげぇ、気持ちよさそう――だけど」

慎重な動きのまま垣内の中に潜り込み、抜ける限界まで引き出す動きを続けながら、二本木が笑いを堪えるような声で言った。

「垣内って、本当はもうちょっと荒いのが好きだよな」

「そ……なこと、あるか、馬鹿……」

もどかしいのを見透かされた気がして恥ずかしく、かっと血が上る感じがする。その恥ずかしいのもまた簡単に快楽に繋がることに自分でも呆れる。

「だってほら。こういうふうに押さえつけられて」

「え――」

痛いほど強く腰を摑み直され、垣内は少し焦った。自ら揺らしていた腰は、もう動かせない。

「奥のとこ、たくさん突かれると」

「ま、待って、ちょっと待って――あ……ッ！」

口で言いながら、二本木が一気に深いところまで垣内の中に押し入った挙句、さらに奥を曝こうとするかのように、速い動きで小刻みに進もうとする。

「あっ、あぁ……ッ……や、駄目だって、や、あ……ぁッ――」

必死に首を振る垣内の抵抗に、二本木は一切頓着せず、荒っぽく中を犯してくる。腹の中をぐちゃぐちゃに掻き混ぜられる感覚に、垣内は惑乱した。勝手に涙がぼろぼろ零れて、口から出てくるのは意味をなさない言葉ばかりになっていく。

「んっ、あぁ、あ……う、……くっ、ん……！」

「垣内、が、ちゃんと、人の反応見て、やれっていうから……」

二本木もすっかり息を乱しながら、滅茶苦茶と表現できそうな動きで休みなく垣内の中を穿ち続けた。太くて固いものが何度も内壁を擦り、今まで触れられたことのなかった奥まで先端が届いて、垣内は泣き声が止められない。

気持ちよくて、よすぎて、頭がどうかなりそうだった。

涙で滲んだ視界の中に、白い体液で汚れた自分の腹が映った。いつ達したのかわからない。いつの間にか射精していて、二本木もそれに気付いていただろうに、ちっとも動きを緩めてくれない。繋がった場所から聞き難く淫蕩な水音が響いている。二本木の動きが止まり、垣内の腰を押さえ込んだまま、ぶるりと大きく胴震いした。中に出された。あとの始末が大変だからコンドームを使うようにと常日頃訴え、いつもは二本木も受け入れてくれていたのに、そういえば今日は何もつけないまま繋がっている。

二本木は何度か身震いしたあと、そう休むことなくまた垣内の中で動き出した。水音がひどくなっている。垣内はぐったりと上体を床に預けるが、中で二本木の熱や動きを感じるたび、びくびくと腰や脚を震わせた。引き攣るように勝手に震える。また性器を握られ、擦られて、垣内は二本木と同様自分がまたそこを固くしていることを自覚した。

「も……むり、だめ……しぬ……」

「頑張れ」

泣き言を漏らした垣内に、無責任な二本木の応援が返ってくる。垣内はつい噴き出し、どうにか二本木を殴ってやろうとしたが、全然力が入らず、あとはもう啜り泣きに似た声を漏らしながらまた二本木の熱を体の奥で感じ続けた。

疲労困憊という言葉がこれ以上似合う日もないだろうと思いながら、垣内はラグの上であられもなく仰向けになった。

そのラグは、いろんな体液でぐちゃぐちゃだ。丸洗いできるタイプだが、洗濯しただけで綺麗になってくれるのか疑わしい。

お互い何度達したのかわからないくらい、長い間体を繋げ続けた。

さすがに二本木も、垣内の隣でまだ荒い息をついている。

「何だか、垣内に丸め込まれた気がして、腑に落ちん……」

散々好き勝手をしておきながら、二本木のこの言い種だ。

しかし垣内は文句を言う代わりに、もう指先一本動かしたくないと思っていた手をどうにか持ち上げ、自分と同じく仰向けに転がっている二本木の頭を撫でた。

「丸め込まれたっていいだろ、別に」

「機嫌を取るな」

「取られろよ」

垣内も二本木もどろどろに疲れ切って、言い合う声は囁きにしかならない。喉が渇いたのに起き上がって水を取りに行く余力もない。二本木も同じようだ。

「垣内といると、どうも子供扱いされてる気がして……同い年なのに……」

「猫飼いは可愛いものの前では猫撫で声になるんだ、仕方ない」

「おまえも結構適当なこと言うよな」

言い返す二本木の声に照れたような響きが混じっていたので、垣内はつい笑みを零した。

二人して動けないまま、離れるのも名残惜しくて、手だの足だのをくっつけながら他愛ない言い合いを楽しむ。

穏やかな事後の空気を味わっていた垣内は、微かな、よく覚えのある音を聞いてはっとなった。

そっと視線を向けると、ドナがドアのそばにいた。垣内は急いで、極力静かにソファの上から毛布を引っ張り、自分と二本木の体にかける。二本木が、急に何だという顔でこちらを見るので、「しっ」と相手を牽制した。

「ドナ、いる」

「えっ」

「静かにって」

垣内は二本木の体を押さえつけ、ドナに気付いていないふりを装った。二本木もそれに倣っている。

固唾を呑んで気配を探っていると、仰向けになった垣内の視界にドナの姿が入った。

――いつかそうしたように、ドナはわざわざ二本木の脚を踏みつけ、乗り越えて、シンクの方にある餌皿に向かった。

「……触った……」

ほんの一瞬、しかも踏み躙られただけだが、二本木が感動に満ちた声を上げた。

「おい、今、触ったぞ。猫」

囁くような声で言う二本木に、うんうんと、垣内も頷いた。疲れすぎていて携帯電話を構える余裕もなかったのは残念だ。

だがこの先も、またシャッターチャンスが訪れそうな気がする。

（疲れ果てて、二本木のオーラが薄れていたのが勝因か……）

それともドナがようやく二本木の存在に慣れたのか。あるいは二本木が多少丸くなったことを敏感に察したのか。

「そうか、やりまくってぐったりしてれば、猫も俺を警戒しないいんだな。覚えておこう」

感に堪えない様子で呟く二本木の声には、またちょっと頭が痛くなったが。

「ほどほどにしてくれよ……」

苦笑混じりに言った垣内を見て、二本木がにやっと笑った。

「わかってる。死なれたら困るからな」

行為の最中に漏らした垣内の言葉を、二本木はしっかり覚えているし、忘れる気もないし、ことあるごとにからかうつもりでいるのが嫌と言うほど伝わってくる。そういえば忘れたふりをするんだった、垣内は寝返りを打ち、毛布を引っ張って頭から被った。

その垣内を、二本木はそれ以上からかわず、毛布ごと抱き締めてきた。

「何だ、この家は可愛いものだらけで天国だな」

しみじみとそんなことを言う二本木に、噴き出さないよう苦労しながら、垣内も二本木の体を抱き返した。少し離れたところでドナが小さく鼻を鳴らし、寝室に帰っていく足音が聞こえた。

あとがき
AFTERWORD

―渡海奈穂―

雑誌掲載作に書き下ろしを足して文庫にしていただいたんですが（ありがとうございます）、雑誌掲載時は猫を飼っていませんでした。わたし自身の話です。

書き下ろしを書いている時にはうちに！　猫が！　いたんですよ。今も真後ろに猫がいるんです…。執筆時は、猫がかわいく鳴いて餌をねだったり、パソコンのキーボードの上に載ったりして、作業を邪魔されたりで大変でした！　あとがきを書いてる今も大変です！

毎日ツイッターやインスタグラムやブログでしつこく猫の写真をあげているので、よかったら見てください。世界一かわいいさびねこです。

それにしたって垣内と二本木は書きやすかったです。しかし二本木があれすぎて読者さんが嫌がるかもしれんというところがちょっと心配だったんですが、雑誌のご感想では、二本木の小学生男子ぶりを諦めて受け入れてくださる方が多く、何かこう、何かこう…みなさん慈愛の目で見てくださってありがとうございます。これからももうちょっとは成長すると思います。

書き下ろしでその片鱗が見えていると嬉しいです。垣内はさほど苦労せず二本木と仲よくやっていけるのではと思います。二本木がドナとうまくやっていけるかはわかりません。

三池(みいけ)ろむこさんにイラストを描いていただきました！　三池さんに、というお話をいただいてこの話が浮かびました。頭の中では最初から三池さんの絵で動いていたので、キャラクターラフをいただいた時は何の違和感もなかったんですが、しかし実際描いていただいたものを拝見すると、わたしの脳内のイメージの、こう、上位互換というか、「あっ、この方向性なんだけどぼんやり考えてたのよりはるかにかっこいい！」という現象が起きるので面白いです。本当にイラストをつけていただくというのはありがたいことだなと思います。ありがとうございます。好きだ……。

好きなタイプのサラリーマンたちと猫を書いて大好きな三池さんにイラストをつけていただいて、大変しあわせな一冊となりました。

みなさんにも楽しく読んでいただけますと嬉しいです。

あとうちの猫がね、かわいいので、ブログとか見に来てください。

ついでにご感想をいただけたら嬉しいです。

よろしくお願いします。

渡海奈穂

手枕で、二本木は隣で眠る垣内を眺めた。垣内の部屋のリビングラグ。垣内はラグの上に俯せになって、すやすやという擬音が似合う健やかな寝顔を二本木の方に向けている。腰から腿の下辺りまで毛布で隠れているが、腕や脚は剝き出しだ。何も着ていない——と思ったが、ためしに毛布を捲ってみたら、下着はちゃんと身につけているので、少しがっかりする。

自分が垣内の体が好きなのだと気付いたのは、セックスするようになって少し経ってからだ。垣内は細身であまり筋肉らしい筋肉はついておらず、でも貧弱には見えなくて、あと変に色気がある。首筋とか。肩甲骨とか。今は隠れてしまっているが浮き出た腰骨の辺りとか。小さい尻とか。眺めていると楽しくて、こうして先に垣内だけ寝入った時は、延々眺めてしまう。

あと顔が好きだ。体がそうだというのと同じタイミングで、垣内の顔も好きだということに二本木は急に思い至った。垣内は別にものすごい美形というわけじゃない。いやそうなのかもしれないし、そうでもないのかもしれないし、とにかく二本木は人間の美醜に興味を持ったことは一度もなかったが、自分が垣内の顔を見ているのが楽しいと、数年間大体毎日会社で顔を合わせていながら、最近やっと気付いた。見ていて飽きない。寝ている時も起きている時も。でもどちらかといえば起きている時の垣内の顔の方がいいかもしれない。特に、口うるさくがみがみと自分を叱りつける時、いかにも「こんなこと言いたくない」という顔で、「でも言わないとこいつは駄目だ」と思っているのがありありとわかる調子で話しかけてくる時。

（いや、普通に笑ってる時の顔も結構いいか）

顔が見えなくても、キッチンに立って料理をしている後ろ姿もいい。献立がどう見ても二本木の好物である時なんて最高だ。並んでソファに座って自分の隣で寛いでいる顔も。

（垣内なら何でもいいのか俺は？）

今、二本木の横で垣内は気持ちよさそうに眠っているが、目を凝らすと目尻から耳の方にかけてうっすらと涙の跡がある。

（さっき、すげぇ泣いてたもんな）

そうだ、『気持ちよすぎて辛そうに泣く』という垣内の顔も好きかもしれない。その目許を指先で触ってみたら、垣内の瞼が微かに震えた。眠たそうな薄目が二本木を見上げる。

「どうした……？　寒いか……？」

垣内は散々泣いたせいか掠れた声で訊ね、自分の体に掛かっていた毛布を二本木の体にも掛けようとする。二本木は大人しく、垣内に促されるまま相手の体に密着するように身を寄せた。

（寝惚けてても世話焼きか）

垣内の面倒見のよさは、ちょっと異常なくらいだと二本木は思う。慈愛の塊みたいな奴だ。どういう育ち方をすればそうなるのか、見当もつかない。

垣内の部屋に居座るようになってから、もう半年近くか。寝るようになってからは三ヵ月以上。同じ会社で同じ仕事をしているのだから、体の疲れだの余暇だのも同じなのに、垣内はいつも二本木を積極的にもてなす。食事だけではなく、好きな飲み物を常備してくれたり、今みたいに寒そうなら膝掛けを渡してきたりとか、着心地のいい寝間着だの換えの下着を用意したりだとか、とにかく至れり尽くせりだ。

あまりに居心地がいいので堂々と居座っているが、最近、「俺も何かした方がいいんじゃないか」と思うようになった。最初の頃は、俺が要求してるわけじゃないし、垣内は俺のことを好きなんだから俺が遊びに来るだけで嬉しいだろうし、食費は渡しているし、これでいいだろうと思っていた——というより、これではいけないという思考すら浮かばなかったのだが。

たまに外で食べる時は奢ろうとしてみるが、大抵垣内が嫌がるので結局割り勘だ。この間、仕事帰りに後から垣内の部屋に行く時、「何か欲しいものはあるか」とメッセージを送ってみたら「醤油が切れそうだから買ってきて」と返ってきて、電車の中でつい口に出して「そういうことじゃねえんだよ」と呟いてしまった。一緒に出掛けた先で猫柄モチーフの雑貨があれば、垣内が目を奪われているのがわかるので、「買ってやろうか？」と訊ねてみれば、なぜか赤くなって「いらない」と言うので、「遠慮するなよ」と畳みかけたら、「からかうなよ」と怒られた。

どうも、うまくいかない。誕生日などにかこつけてプレゼントでもと思ったが、何かあげれば向こうも返してくれてしまうだろうし、そもそももてなしてもらってるからお返しに物品をというのもどこか違う気がして、かといってじゃあ自分が何をすればいいのかさっぱり思いつかず、結局ただ垣内の部屋に通っては美味(うま)い食事を食べ、好きなように垣内を触って触ってもらって、いいことしかない。

（そういや、誰かにこんなふうに思ったこと、ねえな）

　だからどうしたらいいのかわからないのだ。どうするのが正解なのか。垣内を喜ばせたい。大体垣内の自分に対する説教の数々を聞いていたら、どうして彼が自分を好きだと思えるのか意味がわからないくらいだ。

『知るかじゃなくて、ちゃんと考えてくれよ。おまえがそういう態度取り続けたらおまえのこと嫌いになるかもってことも、前に言ったよな。それが現実になるかもしれないぞ？』

　少し前に垣内から言われた言葉が、ことあるごとに二本木の頭に浮かんだ。

　下手を打ったら垣内に見捨てられる。今まで誰に対してもそうしていたように、ただ自分が思ったとおりに振る舞っていたら、嫌われる。自分に敵が多いことは自覚していた。誰に嫌われようと痛くも痒(かゆ)くもなかったが、垣内がそうなると考えるだけでぞっとした。

「……おまえ、俺のこと嫌うなよな」

　相変わらずどうすればいいか答えもわからないまま、二本木は声に出して呟いて、間近にある垣内の目許(めもと)をまた指で撫でた。

と、今度はいきなりパチッと垣内の目が開いたので、ぎょっとする。

垣内の方も驚いたみたいに目を瞠っていた。

「何だよ。起きるなよ」

ばつが悪いような、背中のあたりがもぞもぞするような気分で、二本木はぎゅっと垣内の鼻を抓った。落ち着かない感触を怪訝に思ってから、もしかしたらこれが「気恥ずかしい」という感情ではと気付いた。垣内がよくそういう表情をするやつだ。

そしてそんな顔をしている時の垣内は、最高に可愛い。

「起きるよ……一気に目が覚めた」

「そこまでかよ」

「今のところ、嫌う要素がないけど。俺、何かおまえに誤解させるようなこと言ったか？」

垣内は不安そうな顔をしていた。そんな表情をしてほしいわけではない。

「垣内に色々させてばっかりだから、そろそろ呆れるんじゃないかと」

割合真面目に告げたつもりだったのに、二本木の言葉を聞いた途端、夜目にもはっきりわかるほど垣内の目許が赤くなった。そして蹴られた。なぜなのか。

「終わってからそういうこと言うなよ……嫌がってないの、わかってるくせに」

おまけに蹴られながら、二本木は垣内の言葉の意味を考えた。そして気付く。

「違う。おまえがエロい単語言わされると興奮してすげぇよさそうっていうのはちゃんとわかってるから、その話じゃなくて――違うって言ってるのに、何で蹴るんだよ痛ってぇな！」

「違うなら、何の話だよっ」

垣内がさらにこちらを蹴ろうとじたばたしているので、二本木は相手を両腕で押さえ込んだ。

垣内は案外あっさり大人しくなる。

「何だっけ……何かいろいろ考えてたんだけど、垣内がクソ可愛いから吹き飛んだ」

「……っ」

垣内がますます赤くなった。ぐったりと二本木の方に頭を寄せてくる。そういう仕種をされると、今度は胸の辺りがもぞもぞする。この感触も最近覚えた。義姉の猫を見た時に初めて知った気持ちだ。それよりもう少し、ずっと、かなり強い、『愛しい』とかいう感情。多分。

「おまえ、本当に、自由だよな」

はあ、と垣内が大仰に溜息をつく。二本木は眉を顰めた。

「嫌う要素になるか？」

「……こっちだってクソ恥ずかしいけど、嬉しいっての、馬鹿」

呻くように言う垣内を、さらに強い力で抱き込みながら、二本木も溜息をついた。それにしたって難しい。垣内は何をすれば喜んで何を嫌がるのか。一朝一夕にはいかないが、二本木にはまあ諦める気も起きないので、垣内にも気長に付き合ってもらおう。そう決めて、二本木はぬくぬくと垣内を腕の中に抱き込んだまま、朝までもう一眠りすることにした。

この本を読んでのご意見、ご感想などをお寄せください。
渡海奈穂先生・三池ろむこ先生へのはげましのおたよりもお待ちしております。

〒113-0024　東京都文京区西片2-19-18　新書館
[編集部へのご意見・ご感想] ディアプラス編集部「かわいくしててね」係
[先生方へのおたより] ディアプラス編集部気付　○○先生

- 初出 -
かわいくしててね：小説DEAR+16年ハル号（Vol.61）
釣った猫には餌をやる：書き下ろし
贅沢三昧：書き下ろし

かわいくしててね

著者：**渡海奈穂** わたるみ・なほ

初版発行：2017年9月25日

発行所：株式会社 新書館
[編集] 〒113-0024
東京都文京区西片2-19-18　電話（03）3811-2631
[営業] 〒174-0043
東京都板橋区坂下1-22-14　電話（03）5970-3840
[URL] http://www.shinshokan.co.jp/

印刷・製本：株式会社光邦

ISBN978-4-403-52436-3